오렌 퓨전판타지 장편소설

FUSION FANTASY STORY & ADVENTURE

幻野魔帝

환야의 미제

6

dream
books
드림북스

환야의 마제 6

초판 1쇄 인쇄 / 2015년 1월 14일
초판 1쇄 발행 / 2015년 1월 22일

지은이 / 오렌

발행인 / 오영배
책임편집 / 편집부
펴낸 곳 / ·(주)삼양출판사 · 드림북스

주소 / 서울특별시 강북구 솔샘로67길 92
대표 전화 / 02-980-2112 팩스 / 02-983-0660
편집부 전화 / 02-980-2116 팩스 / 02-983-8201
블로그 / blog.naver.com/dreambookss

등록번호 / 제9-00046호
등록일자 / 1999년 3월 11일

ISBN 978-89-542-5386-4 (04810) / 978-89-542-5380-2 (세트)

* 지은이와 협의하에 인지는 생략합니다.
* 잘못된 책은 구입한 곳에서 바꾸어 드립니다.

이 도서의 국립중앙도서관 출판시도서목록(CIP)은 서지정보유통지원시스템홈페이지
(http://seoji.nl.go.kr)와 국가자료공동목록시스템(http:// www.nl.go.kr/kolisnet)에서
이용하실 수 있습니다. (CIP제어번호: 2015001021)

6

오렌 퓨전판타지 장편소설

FUSION FANTASY STORY & ADVENTURE

幻野魔帝
환야의 미제

dream
books
드림북스

幻野魔帝

환야의 미제

Chapter 1

마왕의 도전

용자 플로라에 이어 이번에는 마왕이 쳐들어왔다? 잠시
주름졌던 샤크의 이마가 확 펴졌다.

　'어떤 놈인지 모르지만 잘 걸렸다.'

　그렇지 않아도 용자 플로라를 차마 죽이지 못하고 일단
포로로 잡아둔 샤크였다. 그가 아무리 마왕으로서의 삶을
즐기려 작정해도, 정의와 협의의 상징이라 할 수 있는 용자
를 죽일 정도로 막 나갈 생각은 없었다. 그랬기에 그녀가
여러모로 그를 도발했지만 참았다.

　그것은 마치 철없는 누이를 바라보는 오라버니의 심정과
흡사하다고 할 수도 있었다. 아무리 여동생이 철없이 대들

기로서니 동생을 죽이는 오빠는 없지 않은가.

그러나 마왕은 다르다. 샤크는 사악한 마왕 녀석들을 돌봐주는 마음씨 좋은 형님이 될 생각은 없었다.

그런데 마치 샤크의 그런 심정을 눈치채기라도 한 듯 마왕은 곧바로 물러가 버렸다. 한 장의 서신만 남겨둔 채.

"뭐지? 도망갔다고?"

"조금 전 그는 마왕의 분신이었어요. 서신을 읽어보니 선전포고가 분명해요."

"선전포고?"

"그가 이곳에서 그리 멀지 않은 마물 숲에 새로운 마궁을 건설했나 봐요. 알아봐야겠지만 휘하에 마족들이 꽤 많아 보여서 걱정이에요."

"흐음."

곧바로 서신을 살펴본 샤크의 두 눈이 가늘게 변했다.

애송이 마왕 보아라.

나는 붉은 날개의 마왕 루단스라드카프단투라스다.

나는 너 따위 놈은 상상도 할 수 없을 만큼 오랜 세월을 살아왔고, 지금껏 내 손에 죽은 용자 놈이 몇인지 헤아리기조차 힘들 정도다.

그런 내가 이번에 쓸 만한 장소를 발견하여 한동안 거할 마궁을 세웠는데, 가까운 곳에 네가 만든 마궁이 있으니 어찌 거슬리지 않겠느냐.

본래라면 이런 말도 필요 없이 쓸어버려야 정상이겠지만, 내 특별히 옛 생각이 떠올라 관용을 베풀고자 한다. 나도 너처럼 애송이 마왕 시절이 있었으니 말이야.

앞으로 1디에스의 시간을 줄 테니 마궁을 철수하고 썩 꺼져라.

만일 그때 가도 이곳에 마궁이 남아 있으면 나에 대한 선전포고라 간주하고 네놈이 가진 모든 걸 몰수할 뿐 아니라, 네놈의 몸을 수백 조각으로 나누어 나의 부하 마족들에게 공평히 나누어 줄 것이다.

서신의 내용만으로 보면 루단스라드카프단투라스, 라는 긴 이름을 가진 이 건방진 마왕은 휘하에 수백 명의 마족을 부하로 두고 있는 듯했다. 샤크의 몸을 수백 조각으로 나누어 공평하게 나누어준다고 했으니 말이다.

그래서인지 최상급 마족 팔라니아의 표정은 수심으로 가득 차 있었다. 그녀는 샤크가 꽤 강한 마왕인 것은 인정하지만, 환야에는 그보다 훨씬 강한 마왕도 많을 것이라 생각하고 있기 때문이다.

특히 그녀가 볼 때 지금 이 서신을 보낸 루단스라드카프단투라스, 라는 마왕이야말로 그런 강력한 마왕 중 하나임이 분명했다. 그렇지 않다면 그의 휘하에 마족이 수백 명이나 존재하고 있을 리가 없을 테니까.

"이제 어쩌지요, 로드?"

팔라니아 뿐 아니라 중급 마족 르부스와 하급 마족 페브리스도 두려워 떠는 기색이 역력했다. 용자가 나타났을 때만 해도 그런 기색이 없는데, 마왕이라는 존재가 그들에게는 그만큼 두려움을 주는 것이리라.

그러자 샤크는 내심 기분이 언짢았다.

'이 녀석들이 나를 믿지 못하고 있군.'

루단스라드카프……, 이름이 워낙 기니 샤크는 놈을 그냥 루단스라고 부르기로 했다. 어쨌든 그 루단스 따위는 샤크에게 그저 손가락의 때만도 못할 만큼 가소로운 존재일 뿐인데, 팔라니아 등은 아직 샤크의 진정한 능력을 모르기에 두려워하고 있는 것이었다.

사실 샤크가 조금 전 제압한 용자 플로라만 해도 웬만한 마왕들의 뺨을 후려칠 만큼 강한 존재였다. 샤크가 그런 그녀를 간단하게 제압한 것을 알고도 팔라니아 등은 왜 샤크를 믿지 못하는 것일까?

그것은 마왕 루단스가 수백이 넘는 마족 부하를 거느리고 있기 때문임이 분명했다. 하긴 고작 마족 셋을 데리고 있는 마왕과 수백이 넘는 마족을 데리고 있는 마왕 중 누가 더 강력해 보일까?

객관적으로 보면 누구라도 수백이 넘는 마족을 거느린 마왕이 훨씬 강하다고 말할 것이다. 샤크는 왠지 그 생각을 하자 기분이 더욱 상했다.

쫙! 쫙!

샤크는 루단스의 서신을 찢어버린 후 말했다.

"별거 아니니 신경 쓰지 마라."

"앗! 그걸 찢으시다니! 그러다 그가 진짜 쳐들어오면 어쩌려고요?"

샤크가 서신을 찢어버리자 팔라니아 등은 펄쩍 뛰었다. 사실상 선전포고의 내용이 담긴 이 서신은 마왕 루단스의 친필로 적혀 있다. 즉, 루단스의 마력이 깃든 서신이라는 뜻이다.

따라서 샤크가 서신을 찢어발긴 순간 그것을 루단스는 알아챘을 것이고 매우 분노할 것이 분명했다. 그는 그것을 샤크의 도발로 여기고 즉각 출정할 수도 있기에, 팔라니아 등이 기겁하는 표정을 짓는 것은 어찌 보면 당연한 일이었다.

물론 샤크는 다분히 의도적이었다. 그깟 마왕 하나 때문에 친히 출정해서 손을 봐주는 것도 우스운 일. 놈이 이에 발끈해서 공격해오기를 은근히 기다리고 있었다.

그러나 그런 샤크의 내심을 모르는 팔라니아 등은 자신들의 로드가 세상 물정 모르는 철부지 마왕이라는 생각에 전전긍긍하지 않을 수 없었다.

오죽하면 평소 비교적 침착하고 차분하며 과묵하던 르부스가 다가와 말을 건넬 정도였다.

"저…… 로드, 지금이라도 짐을 싸는 것이 어떻겠습니까? 아무리 봐도 후일을 도모하시는 것이……."

"맞아요, 로드. 비록 도주하는 건 치욕스러운 일이지만 죽는 것보다는 낫잖아요."

팔라니아도 맞장구쳤다. 하급 마족이 되어 삶의 의지를 상실하다시피 한 페브리스도 그들의 의견에 내심 동의했다.

그러나 그는 오래도록 상급 마족으로 살아왔던 경험과 그로부터 획득한 직감으로 인해 공연히 샤크의 심기를 건드리는 일을 하지 않는 것이 현명하다는 것 정도는 눈치챘다.

'쯧, 멍청한 것들! 로드가 한마디 했으면 그냥 조용히 있을 것이지 매를 자초하는군.'

그는 샤크의 말에 아무 토도 달지 않고 멀찍이 떨어진 곳에서 빗자루질을 하는 척하며 힐끗 르부스 등을 쳐다봤다. 잘하면 흥미진진한 구경거리가 생길 것 같은 예감에 그의 입가는 씰룩였다.

과연 페브리스의 판단이 옳았다. 샤크가 말없이 듣고만 있자, 팔라니아와 르부스는 그가 자신들의 말에 마음이 흔들린다는 판단을 했는지 그를 더욱 다그쳤다.

"로드! 그런 무식한 마왕과 싸워봤자 좋을 것 있을까요? 이겨도 손해입니다."

"맞아요. 똥이 무서워서 피하나요. 다 더러워서 피하는 거죠, 호호."

"일단은 살고 봐야 합니다. 죽으면 다 끝장입니다."

"힘도 없는데 공연히 객기를 부리는 것처럼 무능해 보이는 건 없어요."

그들은 자신들의 말에 몰두하다 보니 샤크의 표정이 점차 굳어지고 있다는 사실을 눈치채지 못했고, 그러다 보니 하지 말아야 할 말까지 하고 말았다.

"에이, 염병할! 그것참 답답하군. 망설일 때가 아니라고 하지 않았습니까?"

"흥! 그러게 말야. 대체 언제까지 계속 똥고집을 부릴 생각인지? 이러다 다 죽으면 어쩌려고?"

결국 샤크의 인상이 구겨지고 말았다.

'이것들이 감히!'

대체 왜 이런 상황이 되었을까? 특히 최상급 마족인 팔라니아 마저 이럴 줄이야.

물론 모든 일이 순탄하게 흐를 때는 드러나지 않았던 본성이 위기 상황이 도래하자 드러난 것일 수도 있겠지만, 샤크가 생각할 때 자신이 마족들에게 너무 부드럽게 즉, 인격적으로 대해 준 것이 문제인 듯했다.

그는 싸늘히 안색을 굳히고 말했다.

"나는 분명히 그놈 따윈 별거 아니니 신경 쓰지 말라고 했는데, 내 말이 말 같지 않게 들렸나 보군."

샤크의 두 눈이 이글거리는 것을 본 팔라니아와 르부스는 흠칫 놀랐다.

"그게 아니라 저는 그냥……."

"닥쳐라. 그러니까 너희들의 생각에는 내가 그따위 마왕 하나도 어쩌지 못할 만큼 보잘것없는 마왕이라는 것이겠지. 이기지도 못할 싸움인데 도망가기는커녕 답답하게 객기나 똥고집이나 부리는 무능한 놈 말이야."

샤크가 한 말은 모두 팔라니아와 르부스가 부지중에 내뱉었던 것들이었다. 그의 말을 듣는 순간 팔라니아 등의 안색이 굳어졌다. 비로소 그들은 자신들이 무슨 짓을 했는지 깨달은 것이다.

"절대 아니에요. 로드! 오해예요."

"그, 그렇습니다. 그놈은 로드의 한 끼 간식거리에 불과할 겁니다."

그들은 어떻게든 이 사태를 수습해 보려고 애썼지만, 샤크는 이미 그들을 손보려 작정을 한 터였다.

"그렇게 잘 알고 있으면서 왜 조금 전에는 헛소리들을 했느냐?"

"호홋! 외성 확장에 너무 몰두하다 보니 제가 잠시 미쳤었나 봐요. 다행히 지금은 정상으로 돌아왔어요."

"헤헷! 저도 요즘 너무 무리를 하다 보니 가끔 정신이 나가서 헛소리를 할 때가 있습니다. 부디 용서를……."

그러나 그들의 그런 궁색한 변명을 샤크가 순순히 받아줄 리 없었다. 그는 싸늘히 웃으며 말했다.

"흠, 듣고 보니 안타깝긴 하구나. 하지만 안타까운 것과 용서는 별개의 일이지. 앞으로는 잠시 미치거나 혹은 정신이 나가더라도 절대 잊지 말아야 할 것이 무엇인지 알게 해 주마."

그 말과 함께 샤크는 팔라니아에게 손가락을 까닥였다.

"일단 너부터 시작하자. 최상급 마족이 되었으면 모범을 보여야지 아직도 중급 마족 때의 근성을 못 고쳤으니, 쯧! 이제 하찮은 객기와 똥고집을 가진 무능한 마왕의 모습이 뭔지 보여 주마."

팔라니아의 안색이 하얗게 변했다. 그녀는 눈물을 펑펑 쏟으며 동정심을 유발했으나, 샤크의 우악스러운 손은 그녀의 머리채를 휘어잡고 있었다.

퍽퍽퍽!

"아악! 사……살려…… 아아악……! 케액……! 꾸아악!"

누구라도 이 장면을 지켜보면 말 그대로 무식하게 맞는다는 것이 무엇인지 알 수 있게 될 것이다.

사실 곧 맞을 차례를 기다리며 떨고 있는 르부스부터 시작해서, 멀리서 빗자루를 쓸고 있는 페브리스, 그리고 그보다 더 멀리서 플로라와 세 가디언들 또한 기절 상태에서 깨어나 그 장면을 바라보며 공포에 질려 있었다.

'여자를 저렇게 때리다니 저 녀석은 사람도 아니야.'

플로라는 샤크를 보며 치를 떨었다. 정말로 사람이라면 저럴 수 없다. 그러다 그녀는 문득 한숨을 내쉬었다.

'그래. 저 녀석은 사람이 아니라 마왕이었지.'

마왕이라면 저런 짓을 하는 것이 전혀 이상하지 않다. 설령 저보다 더한 짓을 해도 이해가 될 것이다. 마왕은 본래 사악한 존재니까.

그리고 맞는 존재도 인간이 아니라 인간의 모습을 한 마족일 뿐이다. 다시 생각해 보니 별로 동정이 가지도 않았다. 다만 저 장면이 섬뜩하도록 두려움을 준다는 것은 확실했다.

"다음은 너다, 르부스. 그동안 착실히 노력하는 것 같아 기특하게 여겼더니, 설마 나를 그토록 답답하고 형편없는 마왕으로 생각했단 건가? 그리고 염병이 어째? 아무래도 내가 너를 너무 좋게만 대해 줬나 보군."

르부스는 기겁하며 고개를 흔들었다.

"로, 로드! 그건 정말 오해입니다. 제가 잠시 돌아……

크악! 커억! 아아악!"

퍼퍽! 퍼퍼퍽—

항상 그렇지만 샤크는 이 방면에서는 아주 공평했다. 팔라니아가 맞은 그대로 르부스 또한 똑같이 맞았다. 단 한 대도 더 맞거나 덜 맞지 않고 평등하게 맞았다. 그것은 지켜보는 입장에서도 감탄을 자아냈다.

'정말 기막히네. 어떻게 저리 똑같이 때릴 수 있을까?'

그것은 어디 다른 데 가서는 절대 볼 수 없는 진풍경이었다. 플로라와 세 가디언들은 두 눈을 휘둥그레 뜨며 그 장면을 지켜봤다.

'끔찍해! 저렇게 맞으면 난 죽고 말 거야.'

경탄스러우면서도 두려움이 치밀어 올랐다. 플로라는 몸이 절로 떨렸다. 그런 그녀를 샤크가 힐끗 노려보며 엄포를 놓았다.

"내 부하들이 잘못하면 이렇게 매를 맞는다. 하물며 포로인 너희라면 말할 것도 없겠지. 그러니 알아서 조심하는 게 좋을 것이다. 항상 그렇지만 나는 두 번 말하지 않는다."

두 번 말하지 않는다는 건 첫 번째는 말로 하지만 두 번째는 주먹으로 하겠다는 뜻. 본래라면 이런 협박에 코웃음

을 쳐줬을 것이나, 플로라는 자신도 모르게 공손히 고개를
숙이며 대답하고 말았다.

"조심하겠어요."

지금은 자존심이 문제가 아니었다. 그녀는 차라리 죽으
면 죽었지 조금 전 두 마족들이 맞는 것처럼 꼴사납게 맞고
싶은 생각은 없었으니까.

그러자 샤크가 흡족해하는 미소를 지었다.

"조심하겠다니 두고 보도록 하지."

그러다 그는 힐끗 플로라의 세 가디언들을 노려봤다.

"너희들은 왜 대답을 하지 않느냐?"

그러자 그들은 흠칫 놀라며 서로의 눈빛을 교환했다. 그
러다 플로라가 눈치를 주자 그들은 이내 어쩔 수 없이 크게
외쳤다.

"조, 조심하겠습니다."

"알아서 잘하겠습니다."

샤크는 고개를 끄덕였다.

"명심해라. 너희들 중 하나가 잘못하면 다 같이 벌을 받
게 될 것이다."

그 말과 함께 샤크는 멀리서 싱글거리는 표정으로 빗자
루질을 하고 있는 페브리스를 불렀다.

"너도 이리 와라."

"저, 저는 왜요?"

페브리스는 조금 전 팔라니아와 르부스가 입방정을 떨었다가 죽도록 맞는 모습을 보면서 신이 나 죽을 지경이었다. 다만 그의 처지 상, 대놓고 웃었다간 뒤탈이 날 터라 속으로 쿡쿡 거리고 있었을 뿐이다.

그런데 샤크가 그를 부르자 기겁하지 않을 수 없었다.

"저는 아무 말도 안 했습니다, 로드."

"알고 있다. 이번에 너는 아무 잘못도 안 했지. 따라서 너를 벌할 생각은 없으니 염려 마라. 오히려 너는 묵묵히 나를 믿어 줬으니 상을 줘야겠지."

"옛! 헤헤! 그렇군요."

페브리스는 금세 안색이 환해졌다. 샤크는 손가락을 들어 플로라의 세 가디언을 가리켰다.

"저 녀석들은 당분간 네가 일꾼 노예로 부리도록 해라. 제법 힘들은 좋으니 경비를 서는 데는 물론이고 다용도로 부려먹기 편할 것이다."

그러자 페브리스는 두 눈이 휘둥그레졌고 플로라의 세 로아탄 가디언들은 펄쩍 뛰었다.

"그게 무슨 소리입니까?"

"마족의 일꾼 노예라니!"

"그건 말도 안 됩니다."

그러나 그들은 이내 샤크의 험상궂은 눈빛을 받고 입을 다물었다. 샤크는 플로라를 노려보며 말했다.

"플로라! 차마 용자의 체면을 봐서 너는 제외시켰는데, 그들이 싫어하니 너라도 페브리스의 하녀가 되어야겠다."

그러자 스몰 오우거의 형상을 가진 페브리스가 흉물스럽게 웃으며 플로라를 쳐다봤다. 흠칫 놀란 플로라는 울상이 되어 그의 가디언들을 노려봤다.

"그대들이 하지 않으면 내가 저 오우거 마족의 하녀가 되어야 해요."

"저희들이 하겠습니다."

"염려 마십시오."

로아탄 가디언들은 충정 어린 표정으로 대답했다. 그러자 페브리스가 로아탄 가디언들을 향해 인상을 구기며 외쳤다.

"어이! 하인 놈들이 그렇게 몸이 굼떠서 되겠느냐? 냉큼 튀어 오지 못해?"

"빌어먹을! 알았으니 다그치지 마라."

"건방진 놈! 죽고 싶으냐?"

페브리스가 험악하게 외쳤지만 로아탄 가디언들은 코웃음 치며 오히려 페브리스를 협박했다.

사실 그들의 개별 전투력은 최상급 마족인 팔라니아를 능가할 정도다. 그런 그들이 하급 마족인 페브리스를 두려워하겠는가.

그러자 페브리스가 흠칫 놀라 샤크를 쳐다봤다.

"로드! 일꾼 노예들이 제 말을 듣지 않거나 반항을 하면 어떻게 합니까?"

순간 샤크가 험상궂은 눈빛으로 로아탄 가디언들을 노려보며 말했다.

"그건 나에 대한 반항이나 마찬가지. 바로 저들이 당한 벌을 받게 될 것이다."

그 말과 함께 샤크는 처참한 몰골로 실신해 있는 팔라니아와 르부스를 가리켰다. 그것을 본 플로라의 로아탄 가디언들은 움찔 몸을 떨더니 즉시 사람 좋아 보이는 미소를 지으며 페브리스에게 외쳤다.

"뭐든 시켜만 주십시오."

"흐흐, 열심히 할 테니 잘 봐주십시오."

페브리스는 거만한 눈빛으로 고개를 끄덕였다.

"크큭! 좋아. 앞으로 두고 보겠다."

그는 속으로 이게 꿈인가 싶었다. 그가 상급 마족일 때도 감히 눈도 마주치기 힘들었던 강력한 로아탄들을 노예처럼 부릴 수 있게 될 줄이야.

그때 샤크가 손가락으로 팔라니아와 르부스를 가리키며 페브리스에게 말했다.

"저것들을 끌고 가 지하 감옥에 가둬라. 그리고 앞으로는 네가 마궁의 모든 것을 총괄하도록."

"옛, 로드!"

이게 웬 신나는 일이란 말인가. 페브리스는 환호성이라도 지르고 싶을 정도였다. 그가 환야에서 마족으로 태어난 이래 가장 기분 좋은 날을 선택하라고 한다면 바로 오늘이 될 것이다.

화무십일홍이라더니!

최상급 마족이 되어 하늘을 찌를 듯 막강한 권세를 가졌던 팔라니아가 저 꼴이 될 줄 그 누가 알았을까?

이래서 입을 조심해야 한다.

특히 마왕 앞에서는 더더욱.

'모든 화는 다 입에서 나오는 법이지.'

본래 상급 마족이었던 페브리스는 다른 것은 몰라도 그런 처세에 있어서는 철저했다.

'흐흐, 꼴들 좋군. 기왕이면 영원히 갇혀 있기를 바라마.'

그는 즉시 로아탄 가디언들을 향해 차갑게 외쳤다.

"뭣들 하느냐? 저들을 들고 나를 따라와라."

그러자 로아탄 가디언들 중 둘이 울상을 지으며 팔라니아와 르부스를 각각 하나씩 들고 페브리스를 따라갔다. 페브리스는 히죽거리며 말했다.

"크흐흐, 그렇게들 울상을 지을 건 없다. 마궁은 넓고 할일은 많지. 적어도 심심하진 않을 거야."

그렇게 페브리스와 로아탄 가디언들이 사라지는 모습을 플로라는 절망스러운 표정으로 쳐다보다 문득 이를 악물었다.

'이 망할 마왕 놈! 두고 보자. 언제고 반드시 오늘의 모욕을 갚아…….'

그런데 그때 샤크가 플로라를 힐끗 쳐다보며 물었다.

"지금 속으로 나를 욕하고 있군."

"저…… 전혀요. 그런 생각도 안 했어요."

플로라는 흠칫 놀라며 고개를 흔들었다. 그러자 샤크가 뭔가 섬뜩하도록 살벌한 눈빛으로 그녀를 노려보며 말했다.

"난 마음을 훤히 읽을 수 있다. 감히 내 앞에서 거짓말을 할 셈인가?"

마음을 읽다니. 그렇다면 그럼 다 알고 질문한 것이란 말인가? 플로라의 안색이 사색이 되었다. 샤크가 물었다.

"마지막으로 묻겠다. 속으로 내 욕을 했느냐? 안 했느냐?"

"흑! 죄송해요. 저도 모르게 그만……."

플로라는 울먹이며 고개를 끄덕였다. 이제 여차하면 조금 전 마족들이 맞듯 자신도 맞을지도 모른다는 생각에 그녀는 제정신이 아니었다.

그러자 샤크가 그럴 줄 알았다는 듯 인상을 구기며 말했다.

"이번이 정말로 마지막이다. 더 이상 나의 인내심을 시험하지 마라."

"예."

플로라는 안도의 한숨을 내쉬었다. 샤크는 그런 그녀를 힐끗 쳐다보다가 픽 웃었다.

'의외로 순진한 구석이 있군.'

물론 샤크는 어디까지나 지레짐작으로 물어본 것이다. 이런 상황이 되면 당연히 속으로 욕을 하지 그럼 칭찬을 하겠는가. 그런 식으로 짐작했을 뿐 마음을 읽는다는 건 불가능한 일인데, 플로라는 샤크의 말을 액면 그대로 믿어버린 것이다.

'어쨌든 이 기회에 제대로 혼쭐을 내놔야 두 번 다시 나를 귀찮게 하지 않겠지.'

한동안 플로라를 붙잡아 놓기로 한 이상 편하게 그녀를 모셔두고 있을 생각은 없었다. 샤크는 플로라에게 빗자루를 던져 주며 말했다.

"이제 네가 할 일은 이곳 마당을 깨끗이 청소하는 것이다. 미리 말하지만, 마법 따위를 펼치는 것은 용납하지 않는다. 순수하게 빗자루질만으로 청소를 하도록. 내가 두 번 말하지 않는다는 사실을 잊지 마라."

플로라는 빗자루를 받아 들고는 마당을 살폈다. 그러다 불쑥 물었다.

"마당이 깨끗한데 굳이 쓸어야 하나요?"

그러자 샤크가 고개를 돌려 마당을 쳐다보더니 씩 웃었다.

"그러고 보니 깜빡했군."

그 말과 함께 그는 한 손을 슬쩍 흔들었다. 순간 어디서 날아왔는지 모를 각종 오물들로 인해 마당이 쓰레기장으로 변해버렸다.

'이런 썅!'

플로라는 기가 막혀 입을 쩍 벌렸다. 그녀는 하마터면 욕을 하려다 간신히 참았다. 샤크가 그녀를 향해 사악해 보이는 미소를 지었다.

"여긴 마궁이다 보니 수시로 이렇게 오물이 생겨난다. 이것은 눈이나 비가 오는 것처럼 당연한 일이지. 무조건 깨끗이 치우도록. 난 오물이 있는 걸 매우 싫어하니 말이야. 알았나?"

"호호, 알았어요."

플로라는 욕이 목구멍까지 치솟아 올랐지만, 애써 미소를 지었다. 곧바로 그녀는 청소를 시작했다.

슥슥.

그렇게 한참이 지났을까? 드디어 모든 오물을 한데 모아버리고 마당을 깨끗하게 만드는 데 성공했다 싶은 순간.

투두둑! 후두두둑!

갑자기 또 하늘에서 오물 비가 내렸다. 온갖 알 수 없는 짐승의 사체, 먹다 남은 음식 찌꺼기 등이 마당에 가득 쌓였다.

'아악!'

플로라는 정말 미쳐서 발악을 하고 싶은 심정이었다. 그러나 멀리서 샤크가 쳐다보고 있었기에 그녀는 할 수 없이 다시 빗자루를 움직였다.

슥슥. 슥슥.

아아, 대체 어쩌다 용자가 마왕에게 붙들려 청소나 하는 신세가 되었을까? 용맹한 가디언들은 마족의 일꾼 노예가 되고 자신은 빗자루나 휘두르고 있으니 플로라는 이게 꿈인가 싶었다.

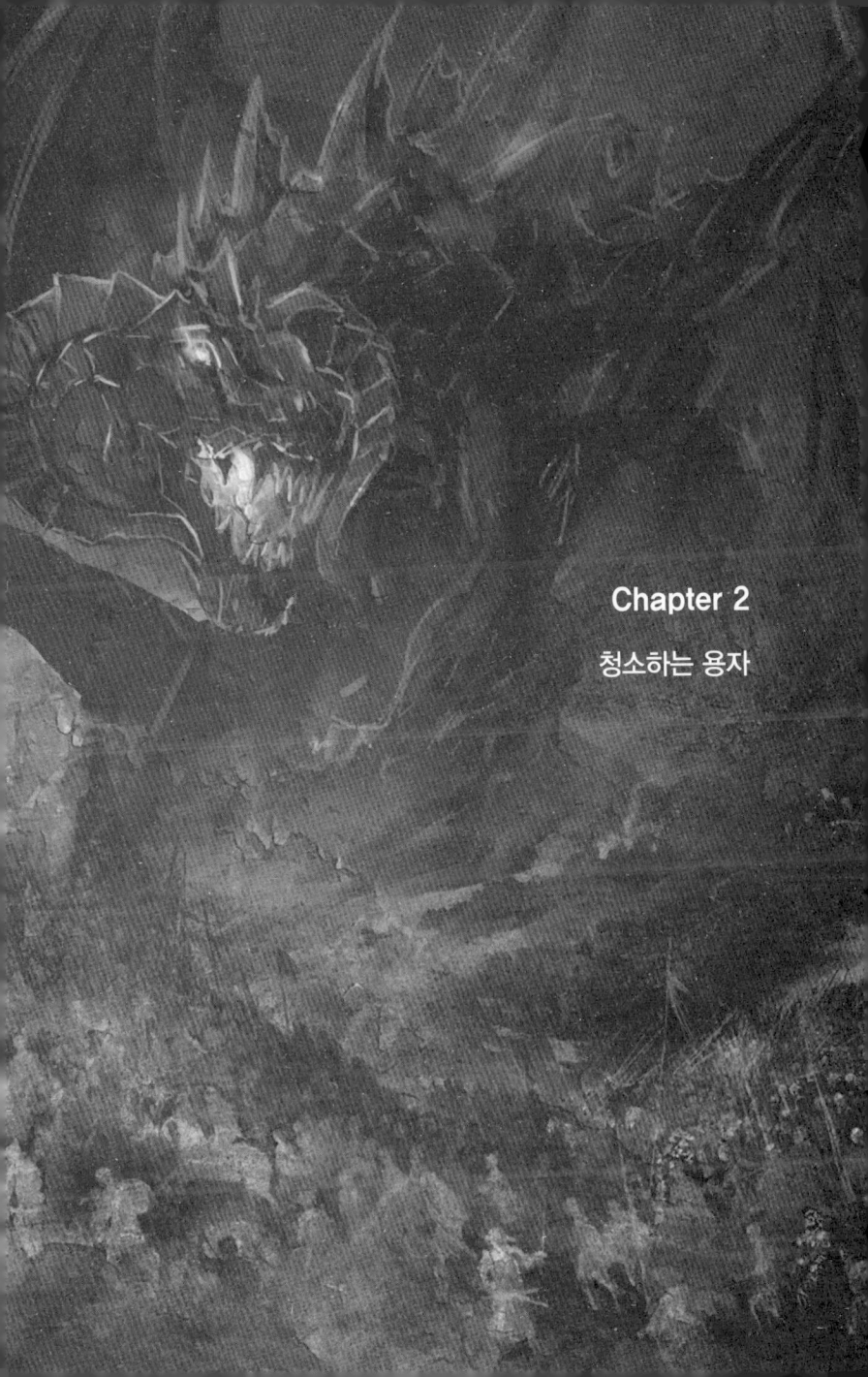

Chapter 2

청소하는 용자

어느덧 플로라가 마당 청소를 시작한 지 1디에스의 시간이
흘렀다.

　슥슥.

　여전히 샤크의 마당을 쓸고 있는 그녀는 이제 청소에 이력
이 나 있어, 웬만한 오물쯤은 오물로 여겨지지도 않았다.

　'대체 언제까지 이 짓을 해야 하지?'

　솔직히 청소를 하는 자체보다, 기약 없이 계속 청소만 해야
한다는 사실이 그녀를 고통스럽게 했다. 이대로 죽을 때까지
청소 노예의 신세에서 벗어나지 못할까 하는 두려움에 그녀의
얼굴은 날로 초췌해져 갔다.

그런데 그렇게 절망스러운 시간을 보내던 그녀에게 뜻밖의 구경거리가 생겼다. 이곳 샤크의 마궁에 마왕이 쳐들어왔던 것이다.

　"로드! 지금 마왕 루단스라드카프단투라스가 나타나 외성을 부수고 있습니다."

　페브리스가 다급히 달려와 보고를 하자 마당의 연못에서 낚시를 하고 있던 샤크는 시큰둥한 표정으로 대답했다.

　"알았으니 가서 일봐라."

　"예, 로드."

　샤크는 마왕이 쳐들어왔다는데 무슨 잡상인이 나타난 것과 같은 반응이었다. 멀리서 청소를 하고 있던 플로라가 다 어이가 없을 정도였다.

　스스스.

　그런데 그때 마당 한쪽에 붉은 구름이 피어나더니 거대한 미노타우로스 하나가 나타났다. 미노타우로스 형상을 하고 있지만 그로부터 피어나는 짙은 마기는 그가 마왕이라는 것을 짐작하게 했다.

　그렇다. 그가 바로 루단스라드카프단투라스! 줄여서 샤크가 루단스라고 부르기로 한 그 마왕이었다.

　"마, 마왕!"

플로라가 경계하는 표정을 짓자 루단스 역시 흠칫 한 걸음 물러나며 그녀를 노려봤다. 그 역시 그녀가 용자인 것을 알아본 까닭이었다.

"이곳에 용자가 있다니 의외로구나. 큭큭! 뜻밖의 수확이로군."

그러자 플로라는 손가락을 들어 한쪽을 가리켰다.

"뭐가 뜻밖의 수확이라는 건지 모르겠지만, 일단 저쪽부터 가보는 게 어때?"

플로라가 가리킨 곳에는 웬 은발의 청년이 서 있었는데, 그는 루단스를 향해 손가락을 까닥였다.

"플로라의 말대로다. 그쪽은 관심 끄고 이쪽으로 오는 게 어떠냐?"

그러자 루단스의 인상이 일그러졌다.

"네놈이 이 마궁의 주인이로군. 감히 내가 보낸 서신을 찢어 버린 그 건방진 놈 말이야."

"그보다 네 밑에 있다는 마족들은 다 어디 가고 너 혼자 나타났지?"

"큭큭! 고작 이따위 코딱지만 한 마궁을 접수하는데 여럿이 몰려다니는 건 번거로운 일이지."

샤크는 픽 웃었다. 딱 보니 루단스는 방랑 마왕으로 휘하에 마족 따위는 없었다.

"허풍을 떨었군."

"크하하하! 허풍인지 아닌지는 이제 알게 될 것이다."

루단스의 주위로 마기의 폭풍이 일어나는 듯하더니 순식간
에 주변이 어두워졌다. 동시에 미노타우루스의 몸체를 가진
그의 등에 붉은 날개가 펄럭이며 나타났다.

"크큭! 풋내기 마왕 놈아! 마왕이라고 다 같은 마왕인 줄 아
느냐? 이제 네놈이 얼마나 무력한 존재인지 알게 될 것이다."

샤크는 담담히 고개를 끄덕였다.

"두 번의 기회는 없으니 최선을 다해봐라. 난 널 살려 둘 생
각이 없으니까."

"카카캇! 내가 할 소리를 네가 대신해 주다니! 긴소리 하기
귀찮으니 그만 뒈져랏!"

루단스의 몸이 사라지는가 싶더니 윙 블레이드가 엄청난
속도로 쏘아져 나갔다. 전방에 붉은빛의 선이 그어졌다.

번쩍!

공간이 붉은 선을 중심으로 두 조각나는 듯했다. 그 선은
샤크가 서 있는 지점까지 그어졌지만, 그 앞에서 끝이 났다.

그리고 조금 전, 기세 좋게 윙 블레이드를 형성해 돌진했던
루단스는 머리가 박살 난 채로 축 늘어졌다. 샤크는 무심한 표

정으로 루단스의 사체에서 날개를 잡아 뜯었다.

우드득! 우지직!

붉은 날개가 뜯기는 순간, 어둑했던 주변이 밝아졌다. 루단스가 죽으면서 그가 만들었던 결계가 사라진 것이다.

그 순간, 샤크가 루단스의 날개를 잡아 뜯는 장면을 플로라도 확연히 볼 수 있었다. 대충 그럴 거라 예상은 했지만, 마왕 하나를 아무렇지도 않게 죽이는 샤크를 보자 플로라는 가슴이 서늘해졌다.

그녀는 다른 마왕을 망설이지 않고 죽여 버리는 저 잔혹한 손속의 마왕이, 어째서 용자인 자신을 살려 주고 있는지 도무지 이해가 되지 않았다.

'대체 무슨 속셈인 거지?'

그녀는 샤크에게 뭔가 꿍꿍이가 있다 생각했지만, 그것이 무엇인지 추측할 수는 없었다. 플로라는 점점 불안해졌다.

그러던 그녀에게 더욱 경악할 만한 일이 벌어지고 말았으니. 루단스의 날개를 뜯어낸 샤크가 돌연 이상한 행동을 하기 시작했다.

"사악한 마왕 루단스에게 구속되었던 불쌍한 영혼들이여! 그대들은 이제 자유다. 아무도 그대들을 구속하지 않으니 부디 편안한 안식을 취하기를……."

플로라는 본인이 잘못 봤나 싶었다. 그러나 틀림없었다. 루단스에게 구속되어 있었던 인간과 이종족들의 영혼들이 환한 빛을 내뿜으며 환야의 세계 저편으로 사라지고 있었던 것이다.

'말도 안 돼! 저놈이 왜 저런 일을?'

플로라는 보면서도 믿기 힘들었다. 마왕이 다른 마왕을 죽이고 빼앗은 인간의 영혼들을 해방시켜 주다니…… 과연 제정신일까?

물론 플로라의 입장에서는 더없이 흡족한 일이었지만, 마왕의 입장에서 생각해 보면 말도 안 되는 일이었다.

그런데 왜 마왕이 저런 일을? 무엇 때문에?

설마 장난이라도 치는 것일까?

그때 샤크는 플로라의 의문 따위에는 관심도 없다는 듯 다른 일에 착수했다.

'무기나 방어구로 만들기에는 이만한 재료가 없지. 이걸로 뭘 만들어 볼까?'

물론 이제 샤크는 마왕의 날개 정도는 차원지기를 통해 두부처럼 으깨버릴 수 있는 능력을 가지게 되었지만, 그래도 환야의 세계에서 마왕의 날개만 한 강도를 가진 재료는 드물었다.

츠츠츠.

샤크는 루단스의 붉은 날개를 한동안 정성을 기울여 변형시켰다. 이것으로 검을 만들면 용자인 플로라가 가졌던 성검과 비견될 정도로 강력한 무기가 탄생하게 된다.

그러나 샤크가 만들어 낸 것은 검이 아니라 곡괭이였다. 멀리서 힐끔거리던 플로라는 기가 막혀 입을 쩍 벌렸다.

'미쳤어! 저 희귀한 재료를 가지고 고작 곡괭이를 만들어?'

그때 샤크는 곡괭이를 들고 플로라의 앞으로 왔다. 그녀는 샤크가 또 무슨 트집을 잡을까 싶어 긴장했다.

"너 혹시 용자 르티아란 녀석에 대해 들어본 적 있느냐?"

"르티아 님이요?"

순간 플로라의 안색이 굳어졌다. 샤크의 두 눈이 번뜩였다.

"그래? 혹시나 싶어 물었는데 알고 있나보군. 그렇다면 놈이 있는 이데스 대륙이 어디 있는지도 알고 있겠지?"

그때 플로라가 고개를 흔들었다.

"글쎄요. 용자 중에 르티아 님의 명성은 마왕 중의 대마왕이라는 플런더와 비견될 정도니 들어봤을 뿐이죠. 저는 그가 있다는 이데스 대륙이 이 무한한 환야의 어느 쪽에 있는지도 몰라요."

그와 달리 사실 플로라는 이데스 대륙의 위치를 아주 잘 알

고 있었다. 이데스 대륙은 그녀가 수호하고 있는 아디란 대륙
에서 그리 멀지 않은 곳이기 때문이다.

그러나 딱 봐도 마왕인 샤크가 르티아에 대해 좋지 않은 감
정을 가지고 있음이 분명했기에, 그녀는 거짓말을 할 수밖에
없었다.

물론 한편으로 이데스 대륙의 위치를 알려 주고 싶은 마음
도 없지는 않았다. 대체 무엇 때문에 이 사악하고 세상 무서운
줄 모르는 마왕 샤크가 그곳의 위치를 묻는지는 알 수 없지만,
그가 르티아를 찾아가 죽임을 당했으면 얼마나 좋을까 싶었
다.

'르티아 님에게 걸리면 이놈은 먼지로 변해 사라지겠지.'

그러나 그 어떤 이유를 막론하고 용자는 마왕에게 다른 용
자가 수호하는 대륙의 위치를 알려 주어서는 안 된다. 그것은
용자라면 누구나 알고 있는 불문율이었다.

특히 르티아는 그녀가 크게 존경할 뿐 아니라 동경하는 용
자였다. 마왕 셋을 죽이겠다며 환야를 여행하는 용자행을 떠
난 것도 바로 르티아와 같은 용자가 되고 싶기 때문이기도 했
다.

따라서 그녀는 샤크에게 마음을 읽혀 가혹한 매질을 당한
다 할지라도 르티아를 배신하고 싶은 생각은 없었다. 속으로

조마조마했지만, 다행히 샤크는 그에 대해 의심을 하지 않는 듯 다른 질문을 했다.

"그럼 오르덴의 도시 트라구다는?"

"처음 들어보는 도시예요."

"여기서 가장 가까운 오르덴의 도시는?"

"탄트로드. 아득히 먼 곳에 있죠. 피닉스를 탄다는 가정을 했을 때 대략 100디에스 정도 걸리는 거리예요."

그러고 보니 예전에 환야의 상공에 존재하는 차원력의 저항을 거의 받지 않고 빠른 속도로 비행할 수 있는 신비한 존재들이 있다고 들었다.

그중 하나가 피닉스라는 것으로, 전투력은 평범하지만 비행 속도가 마왕의 질주비행을 능가한다고 했으니까.

"그럼 너도 피닉스를 가지고 있느냐?"

그러자 플로라가 어깨를 으쓱하며 고개를 끄덕였다.

"물론이죠. 설마 제가 피닉스 하나 없이 환야를 여행하는 풋내기 용자 같아 보이나요? 웬만큼 실력이 있는 용자나 마왕이라면 피닉스는 기본이잖아요."

"그럼 피닉스를 불러봐라."

"알았어요."

순간 플로라의 옆 공간이 갈라지더니 붉은빛의 큼직한 새

하나가 나타났다. 마치 화염이 붙어 타오르는 듯 붉은빛을 뿜어내는 저 새가 바로 피닉스였다.

아무나 주인으로 인정을 하지 않으며, 원하지 않는 대상이 주인이 되려 하면 스스로 자폭을 해 버린다는 기괴한 새.

'길들이기가 쉽지 않다고 들었는데 용케 길들였나 보군. 제법인걸.'

샤크는 피닉스를 타지 않고도 얼마든지 빠르게 이동할 자신이 있지만, 그래도 기회가 되면 그것을 한 번 길들여볼 생각은 있었다. 플로라가 자랑스러워 보이는 표정을 짓고 있으니, 왠지 부럽기도 했다.

어쨌든 저 피닉스를 탄다 해도 무려 100디에스, 인간들의 시간으로 따지면 1천일에 가까운 시간을 비행해야 했다. 까마득한 거리에 위치한 탄트로드라는 도시가, 여기서 가장 가까운 오르덴의 도시라고 하니 문제였다.

그곳에 가면 트라구다나 이데스 대륙이 어느 쪽에 있는지 정도는 알 수 있을지 모르지만, 단지 그것을 알기 위해 다녀오기에는 꽤 부담스러운 거리가 아닐 수 없었다.

'어쩔 수 없지. 지금은 마궁 확장이 우선이니 천천히 생각해 봐야겠군.'

샤크는 곡괭이를 플로라에게 던져 주며 말했다.

"이제부터 넌 청소를 관두고 곡괭이로 저곳을 파도록 해라."

샤크가 가리킨 곳은 마당의 한 부분이었다.

'갑자기 웬 곡괭이 질?'

플로라는 어이가 없었지만 일단 고개를 끄덕이며 물었다.

"그냥 무작정 파면되나요?"

"파다가 소세계를 발견하면 즉각 내게 보고하도록."

"소세계라고요?"

플로라는 깜짝 놀랐다. 아무리 별일이 다 벌어진다는 환야의 세계라지만, 곡괭이로 땅을 파서 소세계를 발견하다니. 이무슨 말도 안 되는 소리인가?

그녀는 지금껏 곡괭이로 땅을 파서 소세계를 발견했다는 말은 단 한 번도 들은 적이 없었다. 하지만 샤크의 말에 토를 달 수도 없어서 곡괭이로 땅을 파는 시늉을 하며 슬쩍 물었다.

"여길 파면 정말 소세계가 나오나요?"

"물론이다. 소세계로 통하는 틈새를 발견할 수 있을 것이다."

"틈새라면?"

듣고 보니 뭔가 그럴듯하긴 했다. 소세계의 틈새는 환야의 곳곳에서 아주 우연히 발견되는데, 대부분 지하 동굴과 연결

되어 있었던 것이다.

　'정말로 소세계로 통하는 틈새를 발견한다면 그거야말로 엄청난 일이야.'

　말이 소세계지 하나의 완전한 세계다. 그 안에 인간이 살고 있을지 아니면 몬스터가 살고 있을지는 알 수 없지만 말이다.

　그러던 플로라의 안색이 돌연 굳어졌다.

　'절대 그런 일이 벌어지면 안 돼!'

　이곳이 어디인가? 마궁이다. 마왕의 소굴인 마궁에서 소세계로 통하는 틈새가 발견된다면 그곳 세계는 당연히 마왕에게 점령되고 말 것이다.

　그 생각을 하자 플로라는 마음이 불안하지 않을 수 없었다. 아무리 마왕이 시켜서 하는 일이라지만 용자인 그녀가 새로운 소세계를 발굴해 마왕에게 가져다 바치는 일을 할 수는 없는 일.

　"이봐, 그 땅은 그런 식으로 대충 휘둘러선 절대 팔 수 없다. 너의 모든 힘을 곡괭이에 쏟아 붓도록! 나는 두 번 말하지 않는다."

　"알았어요."

　차라리 죽어도 할 수 없다고 말을 해야 옳지만, 샤크의 험악한 눈빛과 마주하는 순간 플로라는 열심히 곡괭이질을 해야겠다는 생각이 절로 들었다.

팍! 팍!

샤크의 말대로 그 부분의 땅은 그녀가 전력을 다해 곡괭이를 내리쳐야 조금씩 파였다.

'으윽! 무슨 바닥이 이렇게 단단한 거지?'

설사 강철로 만들어진 바닥이라 해도 그녀의 손가락질 한 번이면 가볍게 갈라 버릴 수 있다. 그런데 강철과는 비할 수 없이 단단한 곡괭이를 들고도 그녀가 전력을 다해야 약간씩 파이는 바닥이 존재할 줄이야.

그러나 그녀가 어찌 짐작하겠는가. 그 지점은 미약하나마 차원지기가 머물러 있어, 적어도 마왕의 날개로 만든 도구가 아니면 흠집조차 낼 수 없다는 사실을 말이다.

또한 설령 그러한 도구가 있다 해도 마왕이나 용자 정도가 아니면 불가능한 작업이라는 사실을.

픽! 픽!

플로라는 부지런히 곡괭이질을 했다. 샤크가 빤히 쳐다보고 있으니 잠시도 요령을 피울 수 없었던 것이다.

그런 그녀를 바라보며 샤크는 잠시 생각에 잠겼다.

사실 저곳에 정말로 소세계로 통하는 지점이 있는지는 샤크도 알 수 없었다. 다만 뭔가 특이한 비밀이 숨겨져 있는 것은 틀림없었다.

차원지기를 다룰 수 있게 되면서 예전에는 감지할 수 없는 것들을 느낄 수 있게 되었는데, 저곳도 그런 것들 중 하나였다.

그리고 생각보다 그런 특이한 곳들이 많이 발견되었다. 마궁에만 무려 수십 군데가 넘었으니까.

과연 그것들에는 어떤 비밀이 숨겨져 있을까?

물론 샤크가 직접 파헤치면 순식간에 그 비밀은 드러나게 될 것이다. 그럼에도 불구하고 플로라에게 시킨 이유는 왠지 그래야 할 것 같아서였다.

그리고 왜 그래야 하는지에 대한 이유는 곧 밝혀지게 될 것이다. 플로라에 의해서 말이다.

팍팍팍!

웬만큼 요령이 붙었는지 플로라가 땅을 파는 속도는 점점 빨라졌다.

그리고 일순간 그녀가 파던 땅에 푸른 물결과 같은 빛이 솟아났다. 플로라가 탄성을 질렀다.

"이, 이건 차원의 틈새가 분명해요."

"예상대로 소세계로 통하는 틈새가 나타났군."

"여길 어쩔 셈이죠?"

플로라가 긴장한 표정으로 샤크를 쳐다봤다. 그녀의 표정이 불안감으로 물들어 있는 것을 본 샤크는 실소를 흘렸다. 플로라가 무슨 우려를 하고 있는지 짐작이 간 까닭이었다.

'하긴 나는 마왕이니 저런 우려를 하는 건 당연하겠지.'

그렇다고 샤크는 굳이 플로라에게 나는 그런 마왕이 아니라며 구차하게 설명하고 싶은 생각은 없었다.

"어쩌긴. 틈새가 발견됐으니 들어가는 건 당연한 일이겠지."

"아, 그럼 결국……."

사악한 마왕에게 소세계 하나가 멸망하게 생겼다.

'아아……. 이럴 어째? 끝장이야.'

절망감에 비틀거리는 플로라를 샤크는 힐끗 쳐다보며 싸늘히 말했다.

"염려 마라. 네가 걱정하는 일은 벌어지지 않는다."

"……?"

"내 말을 믿고 싶지 않아 하는 눈치군."

샤크의 눈빛이 험악하게 변하는 걸 본 플로라는 흠칫 놀라며 고개를 흔들었다.

"아니에요. 믿을게요."

"그럼 멀뚱히 서 있지 말고 따라와라."

"네."

곧바로 샤크와 플로라의 몸이 틈새의 물결 속으로 사라졌다.

좌아아악!

잠시 후 틈새의 물결을 헤치고 모습을 드러낸 샤크는 환야에서는 볼 수 없는 푸르고 맑은 하늘을 발견하고 미소 지었다.

"후후, 이런 하늘은 실로 오랜만이군."

반면에 플로라의 얼굴은 무엇 때문인지 몰라도 당혹감이 가득 차 있었다.

'이럴 수가! 이건 말이 안 돼! 여기는……'

이곳 세계는 다름 아닌 아디란 대륙이었다. 그녀가 수호 용자로 지키고 있는 대륙이니 어찌 모르겠는가. 눈감고도 느낄 수 있었다.

본래라면 그녀의 대륙에 돌아온 것을 기뻐할 것이다. 그러나 이 상황에 어떻게 기뻐할 수 있겠는가. 마왕이 옆에 있는데.

세 명의 마왕을 죽인 후 돌아오겠다는 목표를 세우고 당차게 여행을 떠날 때만 해도 그녀는 이런 식으로 마왕을 데리고 돌아오게 될 줄은 몰랐다.

'이건 최악이야.'

아디란 대륙을 지켜야 할 수호 용자가 사악한 마왕을 데리고 왔다는 사실을 모두가 알게 되면 어떤 일이 벌어질까?

'차라리 꿈이었으면……'

물론 그녀가 이 대륙의 용자라는 사실은 그녀의 가디언들을 제외하고는 아무도 모른다.

그것은 철저히 비밀에 감춰져 있기에 이곳 대륙에 살고 있는 인간과 이종족들은 용자라는 존재가 있다는 사실은 물론이요, 이곳 대륙의 바깥에 환야라 불리는 무한한 세계가 존재한다는 사실도 알지 못하는 것이다.

간혹 어떤 곳에서는 용자들이 자신이 지키는 대륙의 인간들에게 용자로서의 존재를 드러내기도 한다지만 그녀는 달랐다.

용자라는 존재를 알게 되면 마왕에 대해서도 알게 되고, 더 큰 세계인 환야에 대해서도 알게 될 가능성이 높다. 그것은 소세계를 사는 존재들에게는 큰 불안감을 줄 것이기에 차라리 모르는 것이 낫다 생각했던 것이다.

그렇게 애지중지하며 보호하던 아디란 대륙이었다. 그녀의 부재 시에도 든든히 이곳 대륙을 보호할 가디언들을 남겨두었기에 안심하고 있었는데, 정작 용자인 그녀가 마왕을 대동하고 나타났으니 이 무슨 참담한 상황인가 싶었다.

"그렇게 죽상을 하고 있는 이유가 뭐지? 아무래도 이곳이 네가 지키는 대륙이라도 되는가 보군."

"어떻게 그걸?"

플로라가 깜짝 놀라는 표정을 짓자 샤크가 미소 지었다.

"다시 말하지만 나는 다른 마왕과 다르다. 이곳 대륙을 멸망시킬 생각은 전혀 없으니 쓸데없는 걱정은 하지 마라."

"당신의 말을 믿도록 하죠."

플로라는 무겁게 고개를 끄덕였다. 하지만 마왕의 말을 어찌 믿을 수 있을까? 그녀는 당연히 샤크의 말이 미덥지 않았지만, 지금으로써는 그저 그의 말이 진심이기를 바랄 뿐이었다.

그때 샤크가 팔짱을 끼며 오연히 말했다.

"언제까지 그러고 있을 건가? 손님을 접대하는 자세가 엉망이군."

"손님이라니 그게 웬 말이죠?"

"난 이곳 대륙에 처음 왔으니 네가 좋은 곳으로 안내하는 건 당연한 일. 아무 데라도 상관없으니 어서 날 안내해라."

용자인 그녀가 마왕을 안내해 아디란 대륙을 구경시켜줘야 하는 기막힌 상황이었다. 플로라는 어쩔 수 없이 고개를 끄덕였다.

"당신이 가고 싶은 곳이 어딘가요? 구체적으로 말해 주면 최대한 그에 가까운 곳으로 안내하겠어요."

"기왕이면 평범한 인간들이 사는 곳. 성이나 도시는 너무 번잡하니 마을 정도가 딱이야. 하지만 여관이나 식당, 상점 등이 있을 만큼 적당히 큰 마을이었으면 좋겠군."

플로라가 긴장한 표정으로 샤크를 쳐다봤다.

"마을에 가서 뭘 하실 생각인지 물어도 될까요?"

"그건 아직 생각 안 해봤어. 다만 그런 곳에 가면 왠지 기분이 좋을 것 같아서 말이야."

샤크는 진심이었다. 이는 본래 계획에는 없던 일로 조금 전 문득 떠올린 것인데, 왠지 가슴이 설렐 정도로 기대가 되었다.

그는 가능한 인간들과는 어울리지 않겠다고 작정했는데, 막상 새로운 대륙에 오자 언제 그런 작정을 했냐는 듯 인간들과 어울리고 싶어졌던 것이다.

대체 무엇 때문일까? 환야의 절대자라 불리는 마왕인 그가 대체 뭐가 부족해서 그런 마음이 드는 것일까?

아마도 전생에 가졌던 인간으로서의 기억과 그로부터 오는 향수 때문이리라. 그는 며칠 정도 휴식을 취한다 생각하며 잠시 인간으로서의 삶을 즐겨보기로 했다.

그때 플로라가 힐끗 샤크의 눈치를 보며 조심스레 물었다.

"혹시 인간들을 잡아먹을 건 아니죠?"

순간 샤크가 험악한 눈빛으로 그녀를 노려봤다.

"또 그 소리냐?"

"그러니까 그냥 혹시 몰라서……."

"한 번만 더 그딴 질문을 하면 나보고 그런 일을 벌여달라는 부탁이라 간주하겠다."

"앗, 아니에요."

플로라는 움찔 놀라 고개를 흔들었다. 그녀는 즉시 아디란 대륙에서 샤크가 요구한 마을과 비슷한 장소를 한 곳 떠올리고는 마법진을 그렸다.

츠으읏!

순간 노란색의 빛을 내는 둥그런 마법진이 바닥에 생겨났다.

"준비됐으니 가요."

그러자 샤크는 플로라가 만든 마법진 위로 걸어갔다. 곧바로 둘의 신형은 마법진이 발하는 빛에 감춰졌고 이내 흔적도 없이 사라졌다.

Chapter 3
마왕의 하녀

잠시 후 샤크와 플로라가 모습을 드러낸 곳은 자그만 언덕 위의 숲이었다. 숲 아래로 멀리 수백 채의 가옥으로 이루어진 제법 큰 마을이 내려다보였다.

　플로라가 마을을 가리키며 물었다.

　"저 정도 마을이면 되죠?"

　"있을 건 다 있는 것 같군."

　샤크는 흐뭇한 미소를 지으며 고개를 끄덕였다. 마을은 꽤 멀리 있었지만, 그의 시야에는 마치 눈앞에 있는 것처럼 보였다.

　대장간, 포목점, 잡화상점은 물론이요, 술집과 여관, 식당들이 있었고, 광장에는 악기를 연주하는 악사까지!

스스스―

그 순간 샤크의 모습이 변했다. 은발의 신비로운 마력을 지닌 청년의 모습에서 거친 흑발을 가진 평범하고 인상 좋아 보이는 20대 중반 청년의 모습이었다. 플로라가 놀라 물었다.

"뭐하는 짓이죠?"

샤크가 웃었다.

"나를 보고 사람들이 놀라지 않도록 적당히 변신했다. 너 역시 그 모습보다는 가능한 평범한 외모로 바꾸는 것이 좋겠군."

엘프 미녀인 플로라의 외모는 어디에 가도 눈에 띌 것이 분명했다. 아주 잠깐일망정 평범한 인간으로서의 기분을 느껴보고 싶은 샤크에게 그런 플로라의 외모는 부담스럽기 짝이 없었던 것이다.

스슷.

플로라는 어쩔 수 없이 20대 초반의 여성으로 변했다. 본래 그녀의 외모보다는 못하지만, 그래도 꽤 아름다운 편에 속하는 여성이었다. 그러자 샤크는 못마땅하다는 듯 그녀를 노려봤다.

"조금 더 평범한 외모는 어떠냐? 지금도 네 외모는 모두의 관심을 끌게 될 거야."

"이 정도면 됐나요?"

보석처럼 빛나던 푸른색 머리카락이 칙칙한 갈색 머리로 바뀌었다.

"좀 더 평범하게."

"그럼 이건요?"

늘씬한 키가 약간 작아졌다. 그래도 샤크는 고개를 흔들었다.

"흠, 그래도 아직 예쁘군. 더 평범하게 바꿔봐."

"이 정도면 충분히 평범하다고 생각해요."

플로라는 더 이상 양보할 수 없다는 듯 단호히 고개를 흔들었다. 그러자 샤크가 험악한 눈빛으로 그녀를 노려봤다.

"눈은 아주 작게, 코는 낮추고 약간 비틀어라. 특히 가슴과 엉덩이는 좀 많이 줄이도록 해."

"이, 이렇게요?"

"거기서 머리카락의 윤기를 없애고, 피부는 많이 거칠게."

"……."

"좋아, 그 정도면. 후후, 많이 평범해졌군."

흡족한 미소를 짓고 있는 샤크와 달리 플로라는 거울에 비친 자신의 모습을 보며 인상을 구겼다.

'이런 우라질!'

아무리 마왕이라지만 여자를 이렇게 바꿔놓고 좋아하다니! 미녀 엘프 용자로서의 그녀의 모습은 온데간데없고, 촌티가 물씬 풍기는 못생긴 여인의 모습으로 바뀌어 있었던 것이다.

"마지막으로 옷도 너무 고급스러우니 저곳 마을 수준에 맞게 바꿔 입도록 해."

"그런 옷은 제게 없어요."

플로라의 아공간에는 하나같이 화려하고 아름다운 옷들만 있었다.

"그럼 내가 하나 만들어 주도록 하지."

샤크는 근처의 나뭇잎들을 주워들고 손에 비볐다. 순간 그것들이 갈색의 투박한 천 드레스로 바뀌었다.

"이 드레스로 갈아입어라."

"아무리 그래도 이건 좀⋯⋯."

플로라는 샤크가 내민 드레스를 보고 펄쩍 뛰었다. 시골에서 노파들이나 입기에 적당한 이 드레스마저 입는다면 그녀의 모습은 정말 못 봐줄 꼴이 되고 말 것이다.

그러나 험악하게 쏘아보는 샤크의 눈빛을 본 그녀는 어쩔 수 없이 숲 안쪽으로 들어가 옷을 갈아입고 나왔다.

'망할! 이게 대체 무슨 꼴이야?'

그녀의 모습은 촌스럽다 못해 뭔가 모자라 보일 정도였다. 시골 청년들이라 해도 아무런 매력을 느끼지 못할 만큼 도무지 예쁘게 봐줄 만한 구석이 한 곳도 없었다.

"미리 말하지만, 나의 허락 없이 외모를 바꾸면 용서하지 않겠다. 그럼 따라와."

그 사이 샤크도 투박한 갈색 천 옷을 걸치고 있었는데 말 그대로 매우 촌스러워 보였다. 플로라는 땅이 꺼져라 한숨을 내쉬며 그를 따라갔다.

'저 정신 나간 마왕이 또 무슨 짓을 하려는 걸까?'

플로라는 샤크가 인간들을 잡아먹지는 않는 대신 뭔가 괴팍한 장난질을 칠 것 같다는 생각에 불안하지 않을 수 없었다.

샤크와 플로라가 들어간 곳은 아디란 대륙 중부 타로단스 왕국의 서쪽 페카 숲에 위치한 스페스 마을이었다.

페카 숲에서는 갖가지 진귀한 약초를 캐기 위한 약초꾼들과 상인들, 그리고 페카 숲의 몬스터들을 퇴치하기 위해 모여든 용병이나 모험가들로 마을은 제법 북적였다.

"어이, 거기 당신들은 누구지? 어디서 왔소?"

샤크와 플로라가 마을로 접근하자 경비병들이 가로막았다. 그러자 샤크는 자신이 숲 깊은 곳에서 살았는데 몬스터에게 집을 빼앗기고 부인과 함께 숲을 떠돌다가 이 마을로 왔다고 했다.

"제 이름은 테사, 부인은 플로라라고 하지요. 갈 곳이 없어 이 마을에 잠시 머무르려고 합니다."

"쯧, 그럼 촌장님에게 말씀드려보겠소."

경비병들은 샤크와 플로라의 처지가 딱해 보였는지 곧바로 촌장에게 가서 그 사실을 보고했다. 60대의 인자한 촌장 터크는 흔쾌히 받아주었다.

"테사라 했나? 부담 갖지 말고 마을에 머물도록 하게. 그러나 공짜로 먹여 주지는 않아. 어떻게든 일자리를 찾아 부지런히 돈을 벌어야 자네 부인이 굶지 않고 살 수 있을 거야."

"알겠습니다."

샤크는 매우 평범하지만, 누구에게든 경계심을 주지 않는 인상 좋은 얼굴로 변신한 상태다 보니, 경비병들은 물론 촌장까지 호감을 보였다.

심지어 촌장은 마침 빈집이 있다며 그곳에서 지낼 수 있도록 배려해 주기도 했다. 통나무로 만들어진 빈집은 작은 방 두 개와 제법 널찍한 거실로 이루어진 단층 건물이었다.

샤크는 플로라에게 두 개의 방 중에 작은 방에서 지내라 하고는 밖으로 나가며 말했다.

"나는 일하고 올 테니 너는 여기서 대기하도록 해."

"무슨 일을 하려는 데요?"

"말 그대로 일. 돈을 벌어야 먹고살 것 아니냐?"

"마왕인 당신이 왜 일을 해서 돈을 벌려 하죠? 그리고 돈이라면 제게 충분히 있어요. 굳이 힘들이지 않아도 돼요."

그러자 샤크가 플로라를 향해 깜빡했다는 듯 말했다.

"이 순간 나는 마왕이 아닌 인간 테사일 뿐이다. 너 역시 용자가 아닌 인간 플로라이니 아공간에 있는 돈이나 보물은 없는 것으로 치도록 해라."

"대체 당신의 목적은 뭔가요? 설마 인간 놀이라도 할 셈인가요?"

"인간 놀이가 아니라 난 잠시 휴가를 온 것이다."

"휴가는 또 뭐죠?"

"마왕도 휴가는 필요한 법이거든. 그러니까 아주 잠시지만 휴가를 보내는 동안은 마왕으로서의 나를 버리고 인간이 되어보겠다는 뜻이다."

플로라가 뜻밖이라는 듯 눈을 크게 떴다.

"그럼 정말로 장난이 아니라 진지하게 인간처럼 살아보겠다는 것인가요?"

"그렇다고 할 수 있지."

"당신이 좀 특이한 마왕이긴 하지만 그런 생각까지 할 줄은 몰랐어요. 아마 환야에 있는 그 어떤 마왕도 당신 같은 생각을 하진 않을걸요."

그러자 샤크가 인상을 찌푸렸다.

"몇 번을 말했지만 나는 나다. 다른 마왕들과 나를 연관시키지 말도록."

"알았어요."

플로라는 마왕인 샤크가 진지하게 인간의 삶을 살아보려고 하는 모습이 왠지 신기하게 느껴졌다. 이러다 샤크가 또 무슨 변덕을 부릴지 알 수 없다는 생각이 들긴 했지만 말이다.

"그런데 왜 날 부인이라고 소개했죠?"

"그럼 하녀라고 솔직히 말해 주길 바랐느냐? 네 입장을 고려해서 그냥 그렇게 말한 것뿐이니 쓸데없는 오해는 하

지 말도록. 너를 진짜 부인처럼 대할 생각은 없으니 말이
야."

"칫! 누가 그런 걸 바라기라도 했나요?"

샤크가 짐짓 배려해 준 것처럼 얘기하자 플로라는 어이
가 없었다. 곧바로 샤크는 집 밖으로 나갔고 플로라는 거실
의 탁자 앞에 앉아 한숨을 내쉬었다.

'정말 갈수록 가관이구나.'

명색이 용자인 그녀가 마왕의 하녀가 된 것도 기막힌 일
인데, 그것도 모자라 지금은 마왕과 함께 인간 부부 놀이
(?)를 해야 할 판이라니. 샤크는 놀이가 아니라고 말했지
만, 플로라로서는 소꿉놀이나 다름없어 보였다.

―아니, 로드! 언제 돌아오셨어요?

그때 누군가 그녀에게 뜻을 전했다. 이곳 마을이 아닌 꽤
먼 곳에서 보내는 일종의 마법 통신이었는데, 플로라는 그
것이 자신의 가디언 중 하나인 베아티임을 알아채고는 흠
칫 놀랐다.

'하! 이 꼴을 대체 뭐라고 설명하지?'

베아티는 플로라가 자신의 부재 시에 아디란 대륙을 지
키도록 남겨둔 충성스러운 가디언이었다. 가디언인 그녀가
자신의 로드인 플로라가 아디란 대륙에 돌아왔다는 사실을

감지할 수 있는 것 당연한 일.

　—로드! 잠깐만 기다리세요. 제가 그쪽으로 이동할게요.

　그때 베아티가 다시 뜻을 전해 왔다. 플로라는 깜짝 놀라 황급히 뜻을 전했다.

　—아니야. 난 지금 중요한 임무를 수행 중이니 오지 마.

　—중요한 임무요?

　—응, 자세한 건 나중에 설명할게.

　플로라는 베아티가 이곳에 와봤자 좋을 것이 없음을 아주 잘 알았다. 충성심이 강한 그녀의 성격상 플로라가 처한 상황을 알게 되면 그 즉시 무식한 마왕에게 도전할 것이고, 그 후로 어떤 처참한 꼴이 될지 뻔했던 것이다.

　'베아티마저 내 꼴이 되게 만들 순 없어.'

　그녀는 앞으로도 마왕의 하녀로서 얼마나 오랜 시간을 지내야 할지 모른다. 그나마 베아티라도 건재해야 아디란 대륙을 지킬 수 있을 것이란 생각에 플로라는 자신의 처한 상황에 대해 말하지 않는 것이 현명하단 판단을 내렸다.

　그런데 막상 이런 생각을 하자 왠지 서러운 마음이 들었고 그녀는 훌쩍 눈물을 흘리고 말았다.

　—난 걱정하지 말고 잘 지내, 베아티.

　—로드! 혹시 무슨 일 있는 건 아니죠?

—무슨 일은. 아무 일도 없으니 걱정 마…….

—하긴 아디란 대륙에서 로드를 위험에 처하게 만들 만한 존재는 없겠죠.

—응. 그러니 내 걱정은 절대 하지 마. 알았지?

아무 일도 없다고 하면서 매번 내 걱정은 하지 말라는 뜻을 전하고 있는 플로라였다. 그러다 보니 베아티는 아무래도 뭔가 이상하다는 생각이 들었는지 순간이동 마법을 펼쳐 플로라가 있는 통나무집을 찾아왔다.

'틀림없군. 저 안에 로드가 있어!'

곧바로 문을 열고 들어온 베아티는 두 눈을 부릅뜨고 플로라를 쳐다봤다.

"앗, 로드! 대체 왜 그런 이상한 모습을 하고 계세요? 그리고 다른 가디언들은 왜 보이지 않죠?"

플로라는 본래와는 전혀 다른 외모로 변신해 있었지만, 그녀의 가디언인 베아티는 그녀의 정체를 즉시 알아봤다. 플로라는 잠시 망연자실한 표정으로 베아티를 쳐다보다 한숨을 내쉬며 말했다.

"하아! 이런 꼴을 보이고 싶지 않아서 오지 말라고 했는데 결국 오고 말았구나."

플로라의 두 눈에서 굵은 눈물이 떨어져 내리는 모습을

본 베아티는 그녀에게 뭔가 심상치 않은 일이 벌어졌음을 직감했다.

"로드……!"

무슨 일인지는 모르지만 자신의 로드에게 매우 끔찍한 일이 발생했음을 직감한 베아티는 눈물을 글썽였다. 플로라는 힘없이 웃었다.

"설명해 줄 테니 일단 진정하고 이 앞에 앉아."

"네, 로드."

베아티가 의자에 앉자 플로라는 지금 상황을 간략하게 설명해 주었다. 베아티는 펄쩍 뛰었다.

"그, 그러니까 로드가 마왕의 하녀가 되셨다고요? 지금은 마왕의 부인 노릇을 하고 있고요?"

"그래."

플로라는 비통한 표정으로 고개를 끄덕였다. 베아티가 몸을 떨었다.

"혹시 그럼 당하셨나요?"

"당하다니. 뭘?"

플로라가 고개를 갸웃하자 베아티는 차마 말할 수 없다는 듯 처연한 표정으로 고개를 흔들었다.

"아니에요. 제가 쓸데없는 질문을 했군요. 마왕의 하녀가 되었다면 당연한 일인데…….”

순간 플로라가 베아티의 말뜻을 이해하고는 펄쩍 뛰었다.

“지금 무슨 상상을 하는지 모르지만 그런 일은 없었어.”

“괜찮아요, 로드. 저에겐 솔직해지셔도 돼요.”

베아티는 손등으로 눈물을 닦았다. 플로라는 기막혀하며 말했다.

“솔직하게 다 말한 거야. 그냥 청소만 좀 했을 뿐 네가 걱정하는 그런 일은 없었으니 안심해.”

“마왕이 하녀가 된 로드를 그냥 놔뒀다고요? 그게 말이 돼요?”

베아티가 왜 자꾸 그쪽으로 몰아가는가 싶긴 하지만, 생각해 보니 그럴 만한 상황이긴 했다.

“믿기지 않지만 사실이야. 그리고 그는 좀 달라.”

“다르다고요? 뭐가요?”

“마왕은 마왕이지만 다른 마왕과는 좀 다르다는 말이지. 적어도 그런 짓을 하지는 않는다고.”

그러자 베아티가 기막혀하는 표정을 짓더니 벌떡 일어났다.

“흑! 마왕이 다르긴 뭐가 달라요? 대체 얼마나 충격이

크셨으면 그런 말도 안 되는 얘기를 하실까요? 로드! 기다
리고 계세요. 제가 가서 그 망할 놈을 죽여 버리겠어요."

"턱도 없어. 나조차 상대도 안 되는데 네가 가능할 것 같
아?"

"아무리 그래도 이렇게 당하고만 계실 건가요? 제 몸이
가루가 되는 한이 있더라도 그놈을 용서할 수 없어요."

"베아티! 가능하면 조용히 말해 주겠니? 혹시라도 그자
가 들으면 너까지 큰일 날 수 있단 말이야."

숨죽여 말하는 플로라를 보며 베아티는 가슴이 찢어질
것 같았다.

'아, 이건 너무해……'

베아티가 아는 플로라는 누군가 들을까 봐 숨죽여 말하
는 성격이 아니었다. 플로라가 얼마나 당당했던 용자였던
가. 그러한 모습에 반해 그녀의 가디언이 되겠다고 맹약했
던 베아티였던 것이다.

그런데 그토록 당당했던 플로라가 정말로 하녀가 된 듯
몸을 사리고 있었다. 대체 마왕에게 얼마나 끔찍하게 당했
으면 이런 노예근성까지 몸에 뱄을까?

베아티는 이를 악물며 비장한 눈빛으로 말했다.

"로드가 이러고 계시는데 저만 무사하다는 건 말이 안

돼요. 차라리 저도 마왕의 하녀로 남아 로드의 곁을 지키겠
어요."

"안 돼! 너까지 이 꼴이 되면 아디란 대륙은 누가 지켜?"

"하지만……."

"이건 부탁이자 명령이야, 베아티. 언젠가 내가 돌아가
게 될 그 날까지 네가 아디란 대륙을 지켜줘. 그리고 그때
까지 절대 날 찾아오면 안 돼. 지금 그는 인간으로서의 유
희 중이니, 재미가 시들어지면 날 풀어 줄 거야."

"안 풀어 주면요?"

"……."

플로라가 흠칫 몸을 떨었다. 그러고 보니 그 생각은 안
해 봤다. 만일 영원히 그의 하녀가 되어야 한다면? 그건 정
말 끔찍한 재앙이 아닐 수 없었다.

"풀어 줄 거야."

"안 풀어 줄 수도 있잖아요. 설마 마왕을 믿나요? 풀어
주기보다는 죽일 수도 있어요."

그러자 플로라가 울상을 지으며 베아티를 노려봤다.

"겁주지 마. 정말로 그런 일이 벌어졌으면 좋겠어?"

"그게 아니라 막연히 기다리는 건 바보짓이라는 거죠.
뭔가 대책을 세워야 하지 않겠어요?"

"물론 대책이 있었다면 이 꼴로 앉아 있진 않았을 거야."

순간 베아티의 두 눈이 반짝였다.

"르티아 님을 비롯해 다른 용자들에게 도움을 요청하면 되잖아요. 이데스 대륙이 이곳에서 먼 곳도 아니고요."

"아, 그렇구나. 내가 왜 그 생각을 못 했지?"

플로라의 안색이 환해졌다. 베아티는 눈물을 닦으며 말했다.

"로드께서는 그 망할 놈에게 너무 혹독히 당해서 그런 생각조차 못 하신 게 분명해요. 이제 제가 가서 르티아 님께 말씀드려보겠어요. 그렇지 않아도 그분이 얼마 전 이곳에 찾아와 로드의 안부를 묻기도 했거든요."

"르티아 님이 아디란 대륙에 왔었다고?"

"네, 로드의 안부 차 방문했었는데, 추가로 한 가지 부탁을 하셨죠. 이유는 묻지 말고 두 마리의 마물을 잘 감시해달라고요."

"마물이라니! 그건 또 무슨 소리야?"

용자인 르티아가 웬 마물을 감시해달라는 부탁을 했다는 말인가? 그것은 실로 기괴한 일이 아닐 수 없었다.

"저도 이유는 몰라요. 그분은 그저 매우 중요한 일이라는 것 외에는 다른 말씀은 안 하셨죠."

"그래서?"

"다른 분도 아닌 르티아 님의 부탁인데 어찌 소홀히 할 수 있겠어요. 그 후로 마물들을 감옥에 가둬두고 철통같이 지키고 있어요."

"대체 어떤 마물들인데 그런 부탁을 하셨을까?"

"그것들은 언뜻 보면 오크나 라따처럼 보이긴 하지만 실은 온갖 사악한 기운이 가득 들어찬 마물들일 뿐이에요. 또한 무슨 끔찍한 저주를 받았는지 말도 하지 못하고 듣기 싫은 비명만 질러대고 있죠."

"흠, 그런 마물들을 무엇 때문에 이곳에 데려와 감시하라고 하신 건지 모르겠구나."

"그건 나중에 로드께서 직접 르티아 님을 만나 여쭤보세요. 설마 르티아 님이 아무 이유 없이 그런 부탁을 하셨겠어요?"

"물론이야. 그분은 매우 현명하신 분이니 틀림없이 이유가 있을 거야."

플로라는 고개를 끄덕였다. 곧바로 베티아를 쳐다보는 그녀의 눈빛은 조금 전과 비할 수 없이 강렬하게 반짝였다.

"좋아. 그럼 부탁할게. 르티아 님께 가서 이곳에 테사 라는 이름의 사악한 마왕이 있다고 전해 줘."

"그 망할 마왕의 이름이 테사였군요."

"그래. 그는 매우 강하니 르티아 님이 직접 오셔야만 이길 수 있을 거야."

베티아는 다급히 고개를 끄덕였다.

"그럼 지금 서둘러 출발할게요. 로드, 치욕스러워도 조금만 참아요. 곧 놈이 죽는 모습을 보게 될 거예요."

곧바로 베티아의 몸이 투명화되어 사라졌다. 플로라는 신중하게 그녀의 흔적을 지웠다.

'혹시라도 그놈이 이곳에 공간 이동 마법이 펼쳐진 사실을 눈치채면 절대 안 돼.'

통나무 집 인근에 남아 있는 이질적인 기운들을 모두 제거한 그녀의 표정에는 아까와는 달리 화색이 돌았다.

'후후, 이제 르티아 님만 오면 넌 죽었어, 이 우라질 마왕 놈아!'

플로라는 르티아의 승리를 확신했다. 그것은 환야에서 그가 가장 강한 존재라 생각하기 때문이었다. 대마왕 플런더가 그와 비슷한 능력을 가지고 있다고 하긴 하지만, 그래도 르티아가 더욱 강하다고 믿었다.

따라서 어디서 들어본 적도 없는 테사라는 마왕이 르티아를 이길 것이란 생각은 전혀 들지 않았다.

그러다 문득 그녀는 얼마 전 샤크가 르티아와 이데스 대륙의 위치를 물었던 기억이 났다.

'그놈이 왜 이데스 대륙의 위치를 물어봤을까?'

그것은 알 수 없다. 어쩌면 호기심 차 물어봤을 것이다. 아니면 르티아의 명성이 워낙 대단하니 그를 두려워해 이데스 대륙 근처로는 얼씬도 하지 않기 위해 물어본 것일 수도 있었다.

'훗, 어쨌든 그건 중요하지 않아. 놈은 곧 끝장이 날 테니까.'

플로라는 르티아가 부디 빨리 왔으면 하는 심정이었다. 하루라도 빨리 마왕의 하녀 신세로부터 벗어나고 싶었기 때문이다.

한편 샤크는 마을을 돌아다니며 일할 곳을 찾았지만 웬만한 곳에는 다 대기자가 있을 정도로 일자리를 구하기가 힘들었다.

어쩔 수 없이 남들이 가장 기피하는 몬스터 토벌대원으로 지원했다. 숲에는 몬스터들이 자주 출몰해 피해가 속출하는데, 몬스터 토벌대원들은 용병들과 함께 그것들을 소탕하는 임무를 수행했다.

위험한 일이긴 하지만 그래도 토벌대원이 되면 위험수당이 포함된 큰 보수가 주어지기에 먹고 사는 문제는 해결될 수 있었다. 따라서 별다른 기술이나 돈이 없는 부락민들은 토벌대원으로 지원하곤 했다.

그러나 토벌대원으로 오래 남아 있는 이들은 드물었다. 대부분 몬스터와 싸우다 죽거나 혹은 부상을 당해 불구자가 되기 때문이다.

그만큼 위험한 일인데도 달리 먹고 살길이 없던 사람들은, 남녀 할 것 없이 토벌대에 지원했다. 탄광의 막장 인생처럼 몬스터 토벌대원도 인생의 막다른 곳에 이른 자들의 집합소였다.

"테사라 했나? 너는 잭의 조로 가라. 저기 덩치 크고 인상이 더러운 놈이 잭이야. 앞으로 너의 직속상관이니 그의 말을 잘 듣도록 해라."

"그러지요."

샤크는 잭을 향해 걸어갔다. 하나의 조는 대략 열 명 안팎의 토벌대원으로 구성되어 있었는데, 잭의 조에 마침 결원이 생겨 샤크가 배속된 것이었다.

Chapter 4

신입 토벌대원

"테사입니다. 잘 부탁합니다."

샤크가 겸손하면서도 사람 좋은 미소를 지으며 인사를 하자 잭은 콧김을 살짝 내뿜으며 못마땅한 표정을 지었다.

"제길! 신입인가? 비실해 보이는 놈이군. 검은 쥐어봤나?"

마왕 샤크에게 검은 쥐어봤냐고? 전생에서 공전절후의 무림 최고수이자 절대자연검식과 만상무극검법을 창안한 광협 백룡에게 검은 쥐어 봤냐고?

만일 샤크를 아는 누군가가 이 소리를 들었다면 정말 기막혀 할 것이다. 샤크 또한 어이가 없긴 했다.

그러나 샤크는 철저히 인간 행세를 하기로 했다. 숲에서 평범하게 살다가 몬스터에게 쫓겨 온 인생이라면 검 같은 것을 쥐어봤을 리가 없다. 농기구라면 몰라도.

샤크는 고개를 흔들었다.

"도끼로 나무는 좀 패봤지만, 검은 쥐어본 적 없습니다."

"그럼 검보다 도끼가 낫겠군. 이봐, 피터! 이 녀석에게 맞는 도끼를 챙겨 줘라."

"예, 조장."

피터는 10대 후반으로 보이는 소년이었는데, 깡마른 체구였지만 제법 다부져 보였다. 샤크는 눈에 이채를 발했다.

'무공을 익히기에 아주 쓸 만한 근골이군.'

전생이었다면 데려다 제자로 삼았을 만큼 탐나는 근골을 가진 소년이었다. 물론 지금은 별다른 관심이 없었다. 그는 잠시 휴가차 인간 세계에 머물러 있을 뿐이고, 따라서 인간들과 인연을 만들 생각은 없었으니까.

"테사 형님, 마음에 드는 도끼를 골라보세요."

피터는 샤크를 무기고로 안내한 후 말했다. 말이 무기고이지 버려진 무기들을 대충 쌓아 놓은 폐품 창고나 다름없었다.

"녹슨 것들이 많구나."

"여긴 죽은 용병들이나 토벌대원들이 사용하던 것들을

모아 놓은 곳이죠. 그래도 잘 찾으면 꽤 쓸 만한 것들을 고를 수 있어요."

"흠, 저게 좋겠군."

샤크는 거무튀튀한 날을 가진 커다란 도끼를 가리켰다. 그러자 피터의 두 눈이 커졌다.

"저 무거운 배틀 엑스를요?"

"그 정도를 들 힘은 있으니 염려 마라."

샤크는 씩 웃고는 도낏자루를 한 손으로 쥐고 슥 들어 올렸다. 웬만큼 힘이 있는 장정들도 두 손으로 들기 힘들어하는 무거운 무기를 한 손으로 가볍게 쥐어 올리는 샤크의 괴력에 피터는 입을 쩍 벌렸다.

"와아! 형님 힘이 정말 대단하군요. 잭 조장이 아주 좋아하겠어요."

"녀석! 전직 나무꾼이 이 정도 힘도 없으면 되겠느냐?"

"그래도 우리 조에서 그걸 한 손으로 들 만한 힘을 가진 사람은 테사 형님과 잭 조장밖에 없을걸요."

"그런가? 어쨌든 무기를 골랐으니 이만 가자."

샤크는 픽 웃고는 잭을 비롯한 조원들이 있는 곳으로 돌아갔다. 그가 배틀 액스를 한 손으로 쥔 채 어깨에 척 걸치고 오는 모습을 본 잭이 깜짝 놀라 물었다.

"뭐냐? 설마 그걸 무기로 사용하겠다는 것이냐?"

"예."

샤크가 당연하다는 듯 고개를 끄덕이자 잭은 어이없어하는 표정을 지었다. 그는 샤크가 객기를 부린다고 생각했기에 눈빛이 사나워졌다.

"그럼 어디 그걸 한 번 휘둘러보겠느냐?"

"어렵지 않지요."

샤크는 한 손으로 배틀 엑스를 휘둘렀다.

휭휭! 휭휭휭!

그 속도가 마치 단검을 휘두르듯 빨라서 잭의 두 눈이 휘둥그레 변했다.

"이럴 수가! 어떻게 한 손으로 배틀 엑스를 그토록 빠르게! 크흐! 너 이 녀석! 엄청난 힘을 가지고 있구나."

"나무를 오래 패다 보니 힘은 제법 있습니다."

"크하하핫! 좋아. 모처럼 정말 쓸 만한 녀석이 들어와서 마음에 드는군. 부디 네 녀석은 죽지 말고 오래도록 살아남아라."

"절대 죽을 일은 없을 겁니다."

"그래도 조심하라는 것이다. 네가 아무리 힘이 세도 오우거나 트롤을 상대로 힘자랑을 할 수는 없을 테니까."

"알겠습니다."

이곳 숲에 오우거나 트롤 같은 대형 몬스터도 출몰하는 모양이었다. 그것들은 샤크에게는 발가락의 때만도 못한 미약한 존재이지만 이곳 마을의 주민들에게는 공포의 몬스터였다.

"자, 오늘은 이만 집으로 가서 쉬어라. 그리고 내일 새벽 일찍 이 자리로 모인다. 약초꾼들을 보호하는 임무가 떨어졌으니 말이야."

"예, 조장."

"그러지요."

조원들은 활기차게 대답한 후 흩어졌다.

"테사! 넌 잠깐 이리 와라."

그때 잭이 샤크를 불렀다. 샤크가 가자 그는 반짝이는 은화 2개를 샤크의 손에 쥐여 주었다.

"신입 토벌대원의 보수는 4실버이지. 넌 오늘 2실버를 미리 받았으니 한 달 후에 2실버를 받게 될 것이다. 그리고 그다음부터는 정해진 날짜에 4실버씩 받게 될 거고, 그렇게 석 달을 살아남으면 그때부터는 보수가 8실버로 오르니 잘해 봐라."

"고맙습니다."

샤크는 2실버를 받아 쥐자 흐뭇했다. 사실상 가불이라 할 수 있지만 그래도 돈을 벌었다.

'하루 종일 아무것도 먹지 못했는데, 이걸로 뭐라도 먹을 수 있겠군.'

물론 그는 사실 아무것도 먹지 않아도 상관없는 마왕이 지만, 인간이라면 당연히 배가 고플 것이라는 생각이었다. 그래서 곧바로 상점으로 향했다.

"이 빵은 얼마요?"

"작은 빵 한 덩이에 1쿠퍼, 큼직한 것은 2쿠퍼예요."

"큰 걸로 하나 주시오. 그리고 옆의 과일과 치즈는 얼마요?"

"모캐스 열매는 3개에 1쿠퍼, 치즈도 3조각에 1쿠퍼씩 받고 있죠."

"모캐스 열매 3개, 치즈 9조각 주시오. 그리고……."

잠시 후 샤크는 빵과 과일, 그리고 달걀 5개와 양고기 한 덩이 등 각종 먹을거리들을 바구니에 잔뜩 담아 집으로 향했다.

덜컥.

통나무집 문을 열자 거실에 앉아 있던 플로라가 화들짝 놀라는 표정으로 샤크를 쳐다봤다. 그러다 샤크가 바구니에

먹을 것을 잔뜩 담아온 것을 보고 멍해졌다.

"그건 뭐죠?"

"보면 모르느냐?"

샤크는 바구니를 식탁 위에 올려놓은 후 1실버 82쿠퍼의
돈을 플로라에게 건넸다.

"받아라."

"이 돈은 또 뭐죠?"

"생활비다. 그걸로 네가 뭘 쓰든 상관없지만, 가능한 집
에 먹을 것은 떨어지지 않도록 해라."

플로라는 내가 왜 그딴 짓을 해야 하느냐고 말하고 싶었
지만, 본심과는 달리 미소를 지으며 고개를 끄덕였다.

"뭐 그러죠."

어차피 르티아만 오면 이런 어이없는 일은 그만두게 될
것이다. 그때까지는 군소리 없이 시키는 대로 따르기로 했
다.

곧바로 샤크는 식사를 시작했다. 치즈와 빵을 뜯어 먹고
양고기를 잘게 잘라 나무 꼬챙이에 꼬치처럼 꿰어 불에 구
워 먹기도 했다.

그가 별다른 말이 없이 묵묵히 먹는 데만 열중하고 있다
보니 플로라는 왠지 어색했다. 달리 할 일도 없어 그녀도

샤크가 하는 대로 식사를 시작했다.

오물오물.

빵을 뜯어먹고 양고기 꼬치도 먹었다. 그러다 이내 그녀는 인상을 살짝 찌푸렸다. 그렇게 왠지 불만스럽다는 표정을 짓자 샤크가 힐끗 쳐다보며 물었다.

"맛이 없나 보군."

"흠, 맛이 없진 않지만 양 꼬치는 소금을 뿌려 구우면 더 맛있어요. 특히 향신료가 있으면 더 맛이 나죠."

그거야 샤크도 잘 아는 사실이었다. 전생에서 그런 식으로 많이 먹어봤으니까.

그러나 마왕인 그는 미각 자체가 달라 굳이 그런 향신료가 필요 없었다. 그냥 고기 맛 자체를 음미하며 얼마든지 맛있게 먹을 수 있기 때문이다.

그리고 어차피 인간의 요리는 뭘 먹어도 최하급 곤충 마물처럼 감칠맛 나는 맛을 느끼긴 힘든 터라 굳이 그런 번거로운 짓까지는 하고 싶지 않았다.

하지만 막상 플로라의 말을 들어보니 생각이 달라졌다. 아무리 휴가로 잠시 즐기는 일이라지만, 기왕 인간처럼 살기로 했으니 먹는 것도 철저히 인간처럼 해 보는 것이 좋을 듯했다.

"그렇군. 그럼 네게 맡겨볼 테니 더 맛있게 구워보겠느냐?"

"좋아요. 향신료를 사오도록 하죠."

플로라는 흔쾌히 고개를 끄덕이고는 샤크가 준 돈을 쥐고 밖으로 나갔다. 그러던 그녀는 왠지 어이가 없어 실소를 지었다.

'내가 지금 뭘 하는 거지?'

그냥 대충 먹고 말지 무슨 맛까지 따져 먹는다는 말인가? 그것도 마왕의 하녀 신세인 지금 말이다. 사실 안 먹어도 상관없는데 이게 무슨 짓인지.

'아니야. 기왕 먹을 거면 맛있게 먹을 거야.'

엘프인 그녀는 고기를 거의 즐기지 않는 편이지만, 그래도 기왕 먹을 거라면 맛있게 먹자는 철칙을 가지고 있었다. 마왕의 하녀가 되어서까지 그런 철칙을 지킨다는 것이 우습긴 하지만.

'그나저나 이런 엉뚱한 짓을 하다니. 내가 꼭 무슨 그의 부인이 된 것 같네.'

샤크가 벌어온 돈으로 장을 보러 나온 플로라는 이런 상황이 잘 적응이 되지 않았다.

'하긴 하녀들도 이렇게 할 테니까. 나는 그저 그의 하녀

로서, 해야 할 역할에 충실할 뿐이야.'

그렇게 스스로를 위로해봤지만, 별다른 위안이 되지는 않았다. 마왕의 부인이건 하녀건, 그 어느 쪽도 용자인 그녀로서는 받아들일 수 없는 일이었으니까.

그러나 이 상황에 어쩌겠는가. 도주는 불가능한 일이니 적응할 수밖에 없었다. 구원자 르티아가 올 때까지는 말이다.

'에라, 모르겠다.'

플로라는 뭔가 먹음직스러운 것이 있으면 모조리 샀다. 심지어 맥주도 한 통 샀다.

'흥! 맨정신으로 버티긴 힘드니 술이라도 마셔야겠어.'

어차피 샤크가 뭐든 알아서 사라고 했으니 눈치를 볼 필요도 없었다. 물론 꼬치구이에 필요한 양념을 사는 것도 잊지 않았다.

지글지글!

잠시 후 돌아와 그녀는 본격적으로 양 꼬치를 굽기 시작했다. 양념을 뿌려 구우니 향기부터 달랐다.

"자요. 익었으니 드세요."

"고맙군."

샤크는 기다렸다는 듯 받아 들고 양 꼬치를 하나씩 뜯어

먹었다. 플로라가 따라준 맥주를 마시는 것도 잊지 않았다.

벌컥벌컥!

오물오물 냠냠!

그런데 샤크는 그저 먹기만 할 뿐 그의 표정에 특별한 변화는 없었다. 플로라는 그를 힐끗 노려보며 물었다.

"맛이 별로인가요? 아까보다는 훨씬 나을 텐데요?"

"아주 맛있으니 염려 말고 더 구워라."

"역시 그렇죠?"

플로라의 안색이 환해졌다. 그럼 그렇지. 그녀는 샤크가 자신의 요리 솜씨에 감탄했을 것이라 생각하며 은근히 신이 났다.

물론 샤크는 그냥 빈말을 했을 뿐이다. 오히려 향신료가 순수한 고기 맛을 느끼는 데 방해를 주었던 것이다. 그래도 최대한 예전 인간이었을 때의 미각을 떠올리며 맛있게 먹으려 노력 중이었다.

플로라 역시 더 이상 샤크의 눈치를 보지 않고 맥주를 마시며 양 꼬치를 뜯어먹었다. 그렇게 잠시 시간이 지났을까?

일부러 취하고 싶은 터라 맥주의 기운을 흘려보내지 않고 그대로 받아들인 그녀는 취기가 올라 안색이 붉어진 상태였다.

"하나 물어봐도 돼요?"

"물어봐라."

"당신은 대체 뭐죠?"

"마왕."

샤크는 대답을 한 후 무슨 그런 싱거운 질문을 하냐는 듯 핀잔 어린 눈빛을 보냈다. 플로라는 인상을 찌푸렸다. 취해서 생긴 용기인지 평소라면 감히 못 할 말을 서슴없이 퍼부었다.

"쳇! 답답하긴. 누가 그걸 몰라서 물어요? 당신이 마왕이라는 사실은 당연한 거고, 대체 당신의 정체가 뭐냐는 거죠?"

"질문을 하려면 구체적으로 해라. 내게 무슨 말을 듣고 싶은 거지?"

"그러니까 마왕은 그토록 끔찍하게 죽여 놓고 왜 용자인 나는 살려둔 건지, 그 이유를 내가 이해할 수 있게 설명해 줄 수 있나요? 그건 당신이 마왕이라면 절대 할 수 없는 행동이에요."

"그건⋯⋯."

순간 플로라가 샤크의 말을 가로막았다.

"잠깐! 나는 다른 마왕과 다르고 나는 나의 길을 갈 뿐이다, 따위의 말은 필요 없어요. 그런 말도 안 되는 이유 말고 진짜 이유를 말해 봐요."

그러자 샤크는 살짝 미간을 찌푸렸다. 플로라가 무엇 때문에 이런 질문을 하는지 그가 어찌 모르겠는가. 그렇다고 그는 본래 인간이었는데 마왕으로 환생했다는 사실을 밝히기도 우스웠다.

그 사실을 알고 있는 존재는 로아탄 카렌뿐이었다. 어쩌면 그녀의 로드인 르티아에게 말했을지도 모르지만 말이다.

"대체 이유가 뭔가요? 왜 당신은 용자인 날 살려둔 거죠? 그리고 왜 이런 말도 안 되는 유희를 하고 있는 거죠?"

"다시 말하지만 난 그냥 내가 내키는 대로 할 뿐이다. 그리고 달리 목적이 있다 한들 네게 그걸 설명할 이유는 없다."

샤크는 무뚝뚝하게 말하고는 다시 양고기 꼬치를 먹기 시작했다. 플로라는 아무리 취중이라지만 더 이상 샤크의 정체를 캐물을 용기가 생기지 않았다. 그래서 그냥 체념하듯 물었다.

"그럼 날 언제쯤 풀어 줄 건가요?"

"풀어 주면 두 번 다시 날 찾아와 귀찮게 하지 않겠다고 약속할 수 있느냐?"

아무 기대 없이 물어본 말이었는데 샤크의 대답이 뜻밖이라 플로라는 가슴이 두근거렸다.

그러고 보니 예전에도 샤크는 이 질문을 한 번 했었다. 그때 그녀가 악을 쓰며 언젠가 반드시 복수를 하겠다고 하지 않았다면 혹시 풀려났을 지도 모를 일이었다. 이제 그녀는 쓸데없는 자존심 따위는 부리지 않기로 했다.

"물론이에요. 다시는 당신이 있는 마궁 근처로는 얼씬도 하지 않도록 약속하죠."

"좋아. 그러면 나의 이 휴가가 끝나는 대로 너와 네 가디언들을 모두 풀어 주도록 하겠다."

"고마워요."

플로라의 안색이 밝아졌다. 무엇 때문인지 그녀는 샤크가 빈말을 하지 않을 것이란 확신이 들었던 것이다. 샤크가 담담히 그녀를 쳐다보며 말했다.

"나의 휴가는 그리 길지 않을 것이다. 길어봤자 3디에스, 인간들의 시간으로 한 달 정도일 뿐이야. 그러니 그 기간 동안은 가급적 협조를 부탁한다. 지금 나와 너는 마왕과 용자가 아닌 인간 대 인간으로 이곳으로 있는 것이다."

"인간 대 인간?"

"너는 엘프이니 인간 대 엘프라고 하는 게 맞겠지. 잠시

지만 용자가 아닌 평범한 엘프로서 지내봐라. 너 또한 휴가를 지낸다 생각하고 말이야. 언제 또 이런 기회가 오겠느냐?"

"꼭 그래야 하나요?"

순간 샤크의 두 눈이 험상궂게 변하는 것을 본 플로라는 즉시 고개를 끄덕였다.

"알았어요. 당신의 부인, 아니…… 하녀 역할에만 충실하면 되는 거죠?"

"잘 알고 있군. 하녀라지만 달리 간섭하고 싶은 생각은 없다. 네가 밖에서 뭘 해도 상관없지만, 적어도 외부적으로는 나의 부인이니 외간남자하고 바람을 피우거나 하는 건 조금 곤란하겠지. 이 마을을 벗어나서는 안 되고 잠은 집에 들어와서 자도록."

그러자 플로라는 기막혀하는 표정을 지었다.

"외간남자와 바람이라니! 제가 아무리 그래도 그런 짓을 할 것 같나요?"

"말이 그렇다는 소리다. 어쨌든 난 이만 잘 테니 너 또한 알아서 쉬도록 해라."

샤크는 잠을 잘 필요가 없지만, 보통의 인간처럼 하루의 3분의 1 정도는 수면을 취하기로 했다.

잠시 후 그는 차가운 물에 몸을 깨끗이 씻은 후 방에 들어가 누웠다.

'후후, 잠이라. 정말 오랜만이로군…….'

생각해 보니 왠지 세상에 잠처럼 좋은 것이 없는 것 같기도 했다.

하루의 모든 걸 내려놓고 편안한 휴식 상태가 되는 것이 잠이다. 인생의 고단하고 괴로운 일도 잠이 들면 더 이상 생각하지 않게 된다. 걱정과 근심으로 잠을 못 이룰 수는 있지만, 일단 잠이 드는 순간 그것들은 사라지게 되니까.

잠시 무(無)로 돌아간다.

이런 좋은 휴식을 매일 가지게 되는 인간이란 얼마나 행복한 존재인가.

사실 샤크는 그저 인간 흉내를 낼 뿐이다. 잠이 들면 들 수 있지만, 진짜 잠이라기보다는 잠과 비슷한 수면 상태를 만드는 것뿐, 인간처럼 자기란 불가능했다.

쿨쿨.

그래도 어쨌든 수면과 비슷한 상태에 빠져들었다. 샤크는 코를 골며 자기 시작했다.

"……."

그렇게 샤크가 자고 있는 모습을 플로라는 복잡한 눈빛

으로 쳐다봤다. 방문이 열려 있어 안이 훤히 들여다보였기에, 샤크가 정말로 무방비 상태로 잠들어 있는 모습이 그녀의 두 눈에 들어왔던 것이다.

과연 진짜 잠든 것일까? 아니면 잠든 척하는 것일까? 둘 중 어떤 것이든 무방비 상태인 것은 틀림없었다.

'지금 내가 기습을 하면 저놈을 죽일 수 있을까?'

플로라는 왠지 확신을 하기 힘들었다. 그녀의 상식으로는 샤크가 아무리 대단한 마왕이라 할지라도 저런 무방비 상태에서 공격을 당하면 죽임을 면치 못할 것이 분명했다. 그 공격자가 다른 이도 아닌 그녀와 같은 용자라면 말이다.

그러나 그녀는 기습을 하지 못했다. 그것은 혹시라도 실패할지도 모른다는 두려움 때문이기도 했지만, 그것과 별개로 뭔가 망설임이 생겨났던 것이다. 그 망설임의 정체가 뭔지는 알 수 없지만.

'늦어도 한 달 안에 날 풀어 준다고 했으니 기다려 보는 거야.'

플로라는 그렇게 샤크에 대한 기습을 포기하고 그녀의 방으로 들어갔다.

이튿날 아침. 잠에서 깬 샤크는 어젯밤에 먹다 남은 빵과 치즈를 먹기 위해 식탁으로 걸어갔다. 물론 별로 먹고 싶은 생각은 없었지만.

'인간이라면 당연히 배가 고플 테니 뭔가를 먹고 가야겠지.'

그러던 샤크는 식탁 위에 고르게 잘린 빵과 우유, 따스한 수프, 야채, 그리고 고기 요리가 한 접시 놓여 있는 걸 보고 놀랐다. 마치 샤크를 위해 차려놓은 것처럼 풍성한 아침 식탁이었다.

이것을 준비하기 위해서라면 샤크가 깨어나기 한참 전부터 분주하게 움직여야 가능했을 것이다.

'플로라의 짓인가?'

샤크로서는 뜻밖이었다. 비록 하녀라고 못 박아두긴 했지만, 굳이 이런 것까지 시키려던 것은 아니었다. 그냥 풀어 주면 혹시라도 또 누군가를 데려와 귀찮게 할 것 같은 생각에 잠시 붙잡아 두기로 했을 뿐이다.

휴가를 방해받고 싶지는 않았으니까.

따라서 플로라가 도망가지만 않으면 그녀가 뭘 하든 관심을 두지 않을 것이다. 그런데 이런 뜻밖의 행동을 하다니.

'그녀는 분명 날 죽이고 싶도록 미워하고 있을 텐데 이상한 일이군.'

샤크는 작정하고 플로라를 괴롭혔기에 그녀가 자신을 증오하고 있을 것이라 확신했다. 그런데 왜 이런 말도 안 되는 짓을 했을까?

힐끗 작은방을 쳐다보니 방문이 굳게 닫혀 있었다. 그 안에 플로라가 있는 것도 알고 있고, 작정하면 투시해서 안을 들여다볼 수도 있지만 샤크는 그럴 생각이 없었다.

'어쨌든 기특하군.'

샤크는 즉시 음식을 먹기 시작했다. 자신을 위해 차려놓은 식탁인데 어찌 마다하겠는가.

우걱우걱! 냠냠!

왠지 맛있었다. 어떤 미각으로서의 맛보다는 뭔가 다른 의미로.

'생각해 보니 난 전생에서도 이런 아침 식탁은 한 번도 받아보지 못했지.'

그는 무림의 최강자였지만, 모두가 그를 두려워하기만 했을 뿐이다. 그런 그에게 누가 강요가 아닌 자발적으로 아침 식탁을 차려 주었겠는가. 대부분의 사람들이 가능한 그의 근처엔 오지도 않으려 했었다.

마왕인 지금도 마찬가지다. 마족들이 비록 충성을 한다지만, 그거야 공포로부터 비롯된 복종심이었다. 그들이 진

심에서 우러나오는 충성을 할 리가 없다는 것을 샤크도 잘
알았다.

그런데 전혀 예상치도 못했던 존재에게 자발적인 아침
식탁을 받게 된 것이다.

'어쨌든 잘 먹도록 하지.'

냠냠! 쩝쩝!

샤크는 식탁 위에 차려진 음식을 남김없이 모두 먹은 후
집을 나섰다.

그렇게 샤크가 문밖으로 사라지자 작은방의 문이 열리고
플로라가 거실로 나왔다. 그녀는 식탁 위에 놓여 있는 빈
접시들을 보며 멍한 표정을 지었다.

'뭐야? 말끔하게 다 먹어치웠네?'

그녀는 물론 샤크에게 뭔가 각별한 마음이 있어서 차려
준 것은 절대 아니었다. 용자인 그녀가 미치지 않고서야 마
왕에게 그런 마음을 가지겠는가? 그냥 잠도 안 오고 딱히
할 일도 없고 해서 장난삼아 해봤을 뿐이다.

그런데 그 많은 음식을 다 먹다니!

별일 아니지만, 왠지 기분이 묘하게 흐뭇했다. 왜 기분이
좋은지 그녀 스스로도 이해할 수 없었다.

Chapter 5

기연을 베풀다

샤크는 어제 고른 배틀 엑스를 어깨에 걸치고 집합 장소로 나갔다. 조금은 이른 시간이었는지 그곳엔 조장 잭이 먼저 나와 있었는데, 그는 샤크를 보자 손을 흔들었다.

"어이, 일찍 나왔군. 오늘 힘 좀 써야 할 텐데 든든하게 아침을 든든히 먹고 오지 그랬나?"

"충분히 먹고 왔습니다."

샤크는 미소 지었다. 잭의 성질이 더럽다 알려져 있었지만, 샤크가 볼 때 그는 인상만 조금 더러울 뿐 성질은 그리 나빠 보이지 않았다. 의외로 조원들을 챙겨 주는 따뜻한 마음을 가지고 있는 듯했다.

"들었는지 모르지만, 작년 여름에 용병들에 의해 쫓겨 갔던 오우거 놈이 다시 나타났다. 그놈이 마을을 노리고 있는 모양이야. 제길! 하필 용병들이 별로 없는 지금 그런 일이 벌어지다니, 큰일이군."

사실 오우거라면 잭과 같은 자들의 능력으로는 몇 명이 있어도 당해내기 힘들긴 할 것이다. 따라서 샤크 역시 놀라는 표정을 지어 보였다.

"그렇다면 우리도 오우거와 만날 수 있겠군요."

"지금으로써는 부디 그런 일이 벌어지지 않기를 바랄 뿐이지. 만일 그놈이 나타나면 우리 조에서 과연 몇이나 살아서 돌아올지 알 수 없단 말이야."

잭의 표정은 굳어져 있었다. 그 사이 나타난 피터를 포함한 다른 조원들의 얼굴도 침중하게 굳어 있는 걸 보면 모두들 오우거가 나타났다는 사실을 이미 알고 있는 모양이었다.

"모두 모였나? 그럼 출발하겠다. 오늘 우리 임무는 마을 서쪽 숲을 정찰하며 몬스터들을 해치우는 것이다."

"조장, 오우거가 나타나면 어떻게 하지요?"

조원 중 하나가 겁에 질린 표정으로 물었다. 그러자 잭은 인상을 굳히며 대답했다.

"다들 들어라! 솔직히 용병들의 도움 없이 우리 토벌대의 힘만으로 오우거를 잡는 건 불가능하다. 그때는 무조건 마을로 도망와 저기 있는 용병 길드 지부 건물에 들어가 그 사실을 알려야 함을 잊지 마라. 단 한 놈이라도 살아와서 말이야."

잭은 인상을 확 구기며 말을 이었다.

"어쨌든 지금은 그런 걱정은 불필요하겠지. 걱정한다고 오우거가 안 나타나는 것도 아니라면, 그냥 맘 편히 있다가 놈이 나타나면 그때부터 걱정하면 되는 거야. 알았나?"

"예!"

"그럼 출발!"

잠시 후 잭을 비롯한 10명의 조원들이 마을을 나서 서쪽으로 향했다. 모두들 긴장한 표정으로 숲을 살피며 걸었다.

한참을 걸었을까?

선두에서 걷던 잭이 돌연 나직하게 외쳤다.

"전방에 오크 다섯 마리가 있다. 기습해서 해치우고 이동할 테니 모두 준비해라."

그러자 모두들 긴장한 표정으로 고개를 끄덕였다. 그런데 그때 오크들 또한 이쪽의 기척을 눈치챘는지, 떠들썩 요란을 떨며 달려오기 시작했다.

"놈들이 온다. 둘이서 하나씩을 맡아라."

"예, 조장!"

조원들이 일제히 무기를 빼 들고 오크들을 향해 달려갔다. 샤크 역시 그들의 뒤를 따라갔다.

"취익!"

"취익!"

오크들은 투박한 쇠도끼를 난폭하게 휘두르며 달려들었지만, 의외로 조원들은 침착하게 대응해 별다른 피해 없이 그것들을 쓰러뜨렸다.

이는 잭이 대검을 휘둘러 오크 하나를 반쪽 내버림으로 그것들의 기세를 꺾어버렸기 때문이었다. 거기에 피터 역시 큰 활약을 보여 주었다. 오크의 도끼를 몇 번 받아내더니 대뜸 숏소드로 오크의 목을 뚫어버린 것이다.

그렇게 두 마리의 오크가 사라지자 조원들이 남은 세 마리의 오크를 상대하기는 매우 수월했다. 한 명의 부상자도 없이 오크 다섯 마리를 모조리 해치우는 데 성공한 것이다.

"크하하! 모두 잘했다. 잠시 휴식을 취한 후에 이동할 것이다. 오크의 귀를 잘라서 하나씩 챙겨라."

"예, 조장."

조원들은 오크의 귀를 잘라 주머니에 담았다. 토벌대가 몬스터들을 해치우고 있음을 증명하기 위한 것이었다.

쓱쓱.

피터 역시 능숙한 솜씨로 오크의 귀를 잘랐는데, 자신의
몫까지 포함해 두 개의 귀를 샤크에게 내밀었다.

"받으세요, 형님."

"이걸 왜 주는 거지?"

"스페스 마을의 회관에 가면 오크의 귀 하나당 1실버를 쳐
줘요."

"나는 괜찮다. 네가 가져라."

샤크는 사실 굳이 많은 돈이나 보수를 받을 생각이 없었
다. 한 달 후가 되면 휴가를 마치고 다시 마궁으로 돌아가 있
을 그에게 있어, 오크의 귀를 가져가 실적을 쌓는 것이 무슨
의미가 있겠는가.

샤크가 사양하자, 피터는 오크의 귀를 헝겊에 싼 후 샤크
의 주머니에 넣어 주었다. 피터는 씩 웃었다.

"오크의 귀는 단순히 돈 이상의 의미가 있어요. 이걸 가져
가야 토벌대의 진정한 전사로 인정받거든요. 그리고 이걸 몇
개 가져갔느냐에 따라 나중의 보수도 달라진다고요."

"그렇다고 네 몫까지 받을 수는 없지."

"저는 혼자지만 형님은 가족도 있잖아요. 아기가 태어날지
도 모르는데 돈이 많이 필요하지 않겠어요?"

샤크는 멍해졌다. 그러다 왠지 피터의 호의를 거절하고 싶지 않아 이내 고개를 끄덕였다.

"고맙구나, 피터."

그러자 피터는 미소 지었다.

"고맙긴요. 참, 오크가 나타나면 겁내지 말고 과감하게 도끼를 휘두르세요. 제가 볼 때 형님은 힘이 무척 세니, 대충 휘두르기만 해도 웬만한 몬스터들은 그냥 쓰러지고 말걸요."

조금 전 오크들과의 전투가 벌어질 때 샤크는 사실 뒷전에서 구경만 했다. 피터는 샤크가 몬스터를 겁내서 그런 것이란 생각한 모양이었다.

"힘! 알았다. 또 녀석들이 나타나면 네 말대로 겁내지 말고 제대로 해 보도록 하지."

샤크는 짐짓 용기를 내는 척 주먹을 불끈 쥐어 보였다. 그보다, 작지만 호의를 받았으니 어찌 가만있을 수 있겠는가.

'기특한 녀석이군. 뭐로 보답할까?'

웬만하면 인간들과 인연을 맺지 않으려 했지만, 명색이 마왕인 그가 호의를 받았는데 하찮은 것으로 보상을 할 수는 없을 터.

'흠, 그게 좋겠군.'

샤크는 피터에게 걸맞은 무공 하나를 떠올렸다.

스스스—

그 순간 갑자기 주변이 어두워졌다. 마치 시간이 정지하기라도 하듯 사방이 고요해졌다.

피터는 깜짝 놀랐다. 분명 숲 속에 있었는데 갑자기 낯선 곳으로 이동했다. 사방이 대나무 숲으로 뒤덮인 곳. 널찍한 공터의 한쪽엔 처음 보는 형태의 가옥이 한 채 있었다.

'여긴 어디지? 혹시 내가 꿈을 꾸고 있는 건가?'

피터가 고개를 갸웃하는 사이 그의 앞으로 정체불명의 노인이 하나 나타났다. 노인은 은빛 일색이었다. 신비롭게 나부끼는 은발에 수염까지 은빛이었다.

세상을 초월한 듯 담담한 눈빛을 가진 노인을 보며 피터는 왠지 그 눈빛이 누군가와 닮았다는 생각이 들었지만, 그가 누구인지는 떠오르지는 않았다.

"당신은 누구십니까?"

그러자 노인의 두 눈에서 섬광 같은 빛이 번쩍였다.

"내가 누군지는 중요하지 않다. 이제부터 너는 내가 하는 동작을 잘 기억하도록 해라."

노인의 손에는 숏소드가 하나 들려 있었는데, 그 말이 끝나자마자 그것을 휘두르기 시작했다.

휙! 휘휙!

마치 춤을 추듯 빙빙 회전하는 노인의 몸. 그에 따라 숏소드가 온갖 기이한 궤적을 그리며 공간을 갈랐다.

파파— 파파파팟!

비가 쏟아지는 듯 찬란하게 번쩍이는 검영(劍影)들! 피터는 검의 움직임이 이토록 아름다울 수 있다는 건 상상도 못 해봤다.

'아, 저럴 수가!'

그러던 피터는 돌연 두 눈을 부릅떴다. 그의 몸이 벼락이라도 맞은 듯 덜덜 떨렸다. 노인은 자신의 동작을 보고 기억하라고 했지만 본래 피터의 기억력으로는 단 하나도 기억하지 못했을 것이다.

그런데 이상하게도 그 복잡하고 기이한 동작들, 난해하기 이를 데 없는 검로(劍路)들이 그의 머릿속에 속속 들어와 박혔다.

어느덧 노인의 검무는 끝이 났다. 노인의 두 눈에서 다시 섬광이 이는 순간 피터는 전신이 부서지는 듯한 강렬한 고통과 함께 정신을 잃었다.

그러나 정신을 잃었다 싶은 순간 다시 깨어났는데, 조금 전과는 달리 몸에서 알 수 없는 기운이 가득했다. 전에 없던 힘이 몸에서 움직이고 있었다.

"이제 네 몸에 있는 마나의 기운을 움직이는 법을 알려 주겠다. 너는 그것을 잘 기억하도록 하라."

노인의 음성이 꿈결처럼 울려 퍼졌고, 피터는 자신의 몸속에 있던 이상한 기운 즉, 노인이 마나라고 부르는 그것이 스스로 움직이는 것을 느꼈다. 배꼽 아랫부분에 모여든 그것이 일정한 규칙을 따라 전신으로 순환하기 시작했는데, 정말로 복잡하기 이를 데 없는 그 경로가 단번에 기억되어 버리는 기적이 일어났다.

"허허허! 이제 되었군. 이제 너는 평생 꾸준히 내가 가르쳐 준 방법대로 마나를 쌓는 훈련을 하도록 해라. 검을 움직이는 방법도 마찬가지다."

"알겠습니다. 그런데 당신은 대체 누구십니까?"

"내가 누군지는 알 바 없다 하지 않았느냐?"

"그렇다면 왜 저에게 이런 놀라운 선물을 주셨는지 라도 알려 주십시오. 당신은 제가 무엇을 하기 원하시나요?"

피터의 두 눈에는 눈물이 고여 있었다. 그의 눈빛에는 노인에 대한 감사와 감동이 가득했다. 그러자 노인이 기이한 눈빛을 보내며 말했다.

"본래 나는 네게 아무것도 원하는 것이 없었지만, 네가 그리 물어보니 한 가지 부탁을 하도록 하겠다."

"예."

피터는 노인의 말을 기억하려는 듯 귀를 쫑긋 세웠다. 노인이 준엄한 표정으로 입을 열었다.

"내가 네게 원하는 건 협의다."

"협의가 무엇입니까?"

"간단하다. 힘없고 약한 자들의 편에 서서 그들을 도와주고, 힘이 좀 세다고 이유 없이 약한 자들을 핍박하고 착취하는 녀석들은 반대로 혼내 주어라."

그러자 피터의 얼굴이 환해졌다. 그는 눈물을 주룩 흘렸다.

"정말 놀랍군요. 그건 사실 제가 꿈꾸던 삶이었습니다. 힘이 없어 하지 못하고 있었을 뿐이죠."

노인이 씩 웃었다.

"허헛! 기특한지고. 너의 가슴에 협의를 품고 있었더란 말이냐. 그렇다면 이제 네가 꿈꾸던 삶을 살도록 하라."

네가 꿈꾸던 삶을 살라는 노인의 음성이 피터의 귀에 메아리치듯 몇 번이고 울려 퍼졌다. 그러던 피터는 잠시 어지러운 느낌에 눈을 감았고, 그러다 다시 눈을 떴을 때 본래의 숲으로 돌아와 있었다.

"아, 여긴?"

"어이! 피터, 뭐해? 그만 쉬고 이제 다시 출발해야지. 녀석, 그 사이 졸고 있다니 간밤에 잠을 제대로 못 잤느냐?"

조장 잭의 음성에 피터는 화들짝 놀라 벌떡 일어섰다. 그러고 보니 잠깐 졸았던 모양이었다.

'이상한 꿈이었어.'

피터는 조금 전 있었던 일이 꿈이었다고 확신했다. 하긴 꿈이 아니라면 그런 신기한 일이 어찌 벌어질 수 있겠는가.

'네가 꿈꾸던 삶을 살아라.'

여전히 꿈속에서 봤던 노인의 음성이 귀에서 메아리쳤다. 협의라는 말도.

'아, 정말로 그런 삶을 살 수 있다면 얼마나 좋을까?'

그것은 갈 곳 없이 쫓겨 막다른 곳까지 온 하층민인 피터로서는 죽었다 깨어나도 하지 못하는, 그저 간혹 망상으로만 해봤던 특별한 일이었다.

그런데 이상하게 가슴이 두근거렸다. 마치 자신이 앞으로도 그 삶을 살 수 있을 것 같은 느낌도 들 정도였다.

'내가 미친 건가?'

피터는 자신의 정신이 어떻게 되었나 싶었다. 그러나 이내 자신의 몸에서 이상한 기운, 즉, 꿈속의 은발 노인이 마나라 부르던 그 기운이 강물처럼 콸콸 흐르고 있음을 감지했다.

그 뿐만 아니라 노인이 휘두르던 숏소드의 복잡한 동작들이 하나도 빠짐없이 기억났다. 피터의 몸이 떨렸다.

'이럴 수가! 그게 설마 꿈이 아니었다니!'

다른 건 몰라도 체내에 가득한 마나의 기운은 어떻게 설명할까? 멍한 표정으로 석상처럼 서 있는 그를 향해 샤크가 다가와 어깨를 두드리며 말했다.

"정신 차려라, 피터. 다들 출발했는데 너만 멍하니 서 있구나."

그러자 피터가 움찔 놀랐다. 그는 머리를 긁적이며 웃었다.

"앗, 그렇군요. 헤헤, 바로 출발할게요."

곧바로 피터는 숏소드를 움켜쥔 채 힘차게 걸었다. 샤크는 그 모습을 지켜보며 미소 지었다.

물론 조금 전 그 은발 노인은 샤크였다. 그는 순간적으로 이 근처에 특별한 결계를 하나 펼친 후 피터를 제외한 다른 사람들은 잠들게 했다.

그리고 피터의 혈맥을 모두 뚫어준 후 일 갑자의 내공을 생성시켰을 뿐 아니라, 전생의 무림에서 정파십대검법 중 하나였던 천룡검법(天龍劍法)을 전수했다.

물론 샤크에게 있어서는 그것이 아주 간단한 보상에 불과

했지만, 피터에게 있어서는 일대의 기연(奇緣)이 아닐 수 없으리라.

'협의를 꿈꾸었다는데 그 정도는 해 줘야지.'

다른 건 몰라도 협의를 꿈꾸는 녀석들에게는 그 협의를 실현할 수 있도록 힘을 주는 것이 조금도 아깝지 않았다.

샤크는 흐뭇한 미소를 지으며 조원들의 뒤를 따라갔다. 그렇게 잠시 지났을까?

선두에서 숲을 면밀히 살피며 이동하던 잭이 다급한 표정으로 조원들을 돌아보며 외쳤다.

"잠깐, 모두 그 자리에 멈춰라. 기분이 뭔가 이상하다."

"조장! 기분이 이상하다니 무슨 말입니까?"

조원 중 하나가 묻자 잭이 안색을 딱딱하게 굳힌 채 말했다.

"바람 소리 빼고는 주변이 너무 조용하고 심지어 새소리도 느껴지지 않는다. 이게 정상이라고 생각하느냐?"

"그렇군요. 그럼 설마?"

"그래. 이건 뭔가 무서운 포식자가 근처에 있다는 뜻이다. 아무래도 오우거가 분명해."

"오, 오우거!"

조원들의 안색이 굳어졌다. 벌써부터 다리가 풀렸는지 비틀거리는 이들도 있었다.

"당황하지 말고 이제부터 최대한 숨을 죽이고 마을로 복귀한다. 혹시라도 오우거가 나타나면 뒤도 돌아보지 말아야 한다. 누가 죽든 신경 쓰지 말고 무조건 달려라."

잭의 말에 조원들은 긴장한 표정으로 고개를 끄덕였다. 그런데 그 말이 끝나기도 전에 앞의 수풀이 들썩 움직이더니 3로빗(m) 장신의 거대한 몬스터 하나가 튀어나왔다.

시뻘건 머리털을 가진 거대한 오우거!

그것은 오우거 중에서도 가장 무섭고 난폭하다는 블러디 오우거였다. 보통의 오우거를 맨손으로 찢어 죽인다는 괴력을 가져 오우거의 제왕이라 불리기도 했다.

"으아아!"

"크어!"

이 상황에 지금껏 침착함을 유지하던 잭도 당황했는지 오줌을 내지르며 털썩 주저앉았다. 그가 아무리 토벌대의 조장으로 경험을 쌓았다 해도 기껏 평범한 몬스터들을 상대해봤을 뿐이다.

그러나 오우거, 그것도 블러디 오우거의 앞에서 침착함을 유지한다는 것은 불가능했다. 작년에 용병들에게 쫓겨났던 오우거는 그저 평범한 보통의 민머리 오우거에 불과할 뿐이었지만, 스페스 마을을 공포로 몰아갔다.

외부에서 고용된 용병들이 그것과 싸워 승리를 거둘 때까지 얼마나 많은 희생자가 발생했는지 모른다.

그런데 설마 블러디 오우거가 나타날 줄이야.

'끝장이다. 용병들이라 해도 이놈을 죽이는 건 불가능해.'

잭의 안색에 절망이 어렸다. 웬만해야 희망이라도 품어볼 것이다. 이제 토벌대는 전멸할 것이고 스페스 마을은 폐허로 변할 것이다.

그렇게 든든히 조원들을 독려하던 잭이 소변까지 지르며 주저앉아 버렸는데, 다른 조원들은 오죽하겠는가. 오우거가 포효 한 번 지르지 않았는데 이미 대소변을 싸지르며 뒤로 넘어가 버린 이들도 있었다.

그러나 두 명은 예외였다. 샤크는 별다른 표정을 보이지 않고 뒤쪽에 묵묵히 서 있었고, 피터는 블러디 오우거를 보자마자 숏소드를 꽉 움켜쥔 채 앞으로 달려가고 있었던 것이다.

'후후, 녀석에게 좋은 경험이 되겠군.'

샤크는 블러디 오우거라는, 몬스터 중에서는 제법 센 녀석이 접근하고 있음을 진작 눈치챈 터였다. 피터에게 무공을 전수하기 전이었다면 조원들을 위해 미리 제거해 버리거나 멀리 쫓아버렸을 테지만, 지금은 피터에게 맡겨두어도 충분할 것 같아 놔두었을 뿐이다.

한편 블러디 오우거는 앞에 있는 열 개의 간식거리를 두고 뭐부터 먹을까 고민하다 가장 통통하고 맛좋아 보이는 녀석이 소변을 내지르자 인상을 찌푸리고 말았다.

사실 이런 일이 벌어질까 봐 몰래 접근했다. 그가 포효를 내지르면 모두가 소변이나 대변을 쏟아 내 냄새를 풍겨대니 입맛이 떨어지기 때문이다.

하지만 이게 뭔가? 그냥 모습을 드러내기만 했을 뿐인데도 간식거리들이 이렇게 더러워질 줄이야. 어쩔 수 없이 그는 그 것들을 근처의 강에 들고 가 씻어 먹기로 작정했다.

다만, 그 전에 그나마 깨끗한 것은 이 자리에서 하나쯤 잡아먹어 허기를 채우겠다는 생각이 들었고, 기특하게도 자신을 보고도 소변이나 대변을 내지르지 않은 것들이 있음에 마음이 즐거워졌다.

"크워?"

그런데 어이없게도 그런 깨끗한 간식거리 중 하나가 검을 번쩍 쳐들고 달려오는 것이 아닌가. 딱 봐도 반항을 하겠다는 것이다. 그가 손가락 하나만 튕겨도 머리가 터져버릴 하찮은 인간 따위가 감히 반항을 하겠다니 그로서는 가소로울 뿐이었다.

"쿠워어어어어어!"

급기야 블러디 오우거는 포효를 질렀다. 순간, 마치 폭풍이라도 몰아친 듯 숲이 흔들렸다. 멀리서 숨을 죽이고 있던 숲의 크고 작은 짐승들이나 몬스터들이 혼비백산하여 달아나는 듯 숲의 사방이 그것들의 발소리로 시끄러워졌다.

'으윽!'

귀가 찢어질 듯한 커다란 포효를 듣는 순간 소년 피터 역시 기겁했다. 그러나 이상하게 금세 마음이 차분히 가라앉았다.

본래라면 이런 포효를 듣지 않아도, 그냥 저 무시무시하게 생긴 블러디 오우거의 모습을 보는 순간 기절하고 말았을 그였다.

그런데 어떻게 이렇게 멀쩡할 수 있을까? 그것은 피터에게 블러디 오우거 따위는 어렵지 않게 이길 수 있을 것 같은 이상한 자신감이 생겨났기 때문이었다.

비록 블러디 오우거의 포효가 가공하기 이를 데 없었지만, 피터의 눈에는 힘 좀 세다고 골목대장 노릇을 하며 아이들을 괴롭히는 동네 꼬마 정도로 밖에 보이지 않는다는 것이 특이했다.

그야말로 기막힌 일이다. 아무리 망상이라 해도 그렇지,

어찌 블러디 오우거를 상대로 그 같은 생각을 한다는 말인가.

'내가 과연 저 엄청난 놈을 이길 수 있을까?'

그런데 그 순간 그의 귀에 마치 환청처럼 들리는 음성이 있었다.

'허허! 물론이다. 너는 충분히 이길 수 있다. 놈은 그저 덩치만 큰 고깃덩이일 뿐, 네가 가진 능력의 극히 일부만 발휘해도 놈을 쓰러뜨릴 수 있다.'

은발 노인의 음성이었다. 어디까지나 환청이라는 사실을 느꼈지만, 피터의 두 눈에 강렬한 빛이 피어났다.

"어디 덤벼봐라, 이 무식한 고깃덩이야."

그는 블러디 오우거를 향해 성큼성큼 걸어갔다.

"쿠워어?"

블러디 오우거의 인상이 일그러졌다. 그는 물론 인간의 말을 알아듣지 못한다. 그런데 기이하게도 지금 저 가소로운 인간 소년의 음성이 선명하게 이해가 되었던 것이다.

"쿠워어어어어어!"

화가 머리끝까지 치솟은 블러디 오우거는 다시 한 번 크게 포효를 지른 후 바람처럼 달려가 주먹을 휘둘렀다.

휘잉!

거대한 바위라도 단번에 박살 내버릴 듯한 기세! 블러디 오우거의 무식한 주먹이 피터의 머리를 향해 엄청난 속도로 날아왔다.

그런데 피터의 눈에는 그러한 블러디 오우거의 움직임이 굼벵이처럼 느리게 보였다. 놈이 마치 장난을 치듯 천천히 주먹을 뻗어 오는 것 같았다.

스윽.

피터는 가볍게 허리를 숙여 놈의 주먹을 피해 낸 후 숏소드를 휘둘렀다. 꿈속의 노인에게 배웠던 첫 번째 동작이었는데, 그 순간 그가 쥔 숏소드의 검신에서 짙은 오러가 피어났다.

번쩍!

그것이 끝이었다. 그의 몸은 환상처럼 빠르게 블러디 오우거의 몸을 지나쳤다.

서컥!

그 동작이 얼마나 빨랐으면 블러디 오우거의 목뼈가 잘리는 소리가 뒤늦게 들릴 정도였다.

툭!

목이 잘린 블러디 오우거의 머리가 바닥을 굴렀다. 여전히 이 상황이 이해가 되지 않은 듯 블러디 오우거의 두 눈은 끔뻑이고 있었는데, 급기야 목 아래가 사라진 것을 느꼈는지 소리를 꽥 질렀다.

"쿠어어……!!"

그러나 블러디 오우거의 절규는 순식간에 잠잠해졌다. 그 사이 머리가 사라진 몸체 또한 몸부림을 치다가 쿵 주저앉았고 그대로 경직되었다.

"어어?"

잭이 입을 쩍 벌렸다. 그는 비록 소변을 내질렀지만, 이 상황에서도 용케 기절하지 않았다. 다른 조원들은 모두 기절한 상태라 무슨 일이 벌어진지 모르고 있지만, 그는 조금 전 피터가 블러디 오우거를 향해 미친 듯 돌진해 목을 잘라 버리는 장면을 목격했다.

"어, 어떻게 저럴 수가!"

잭의 입에서 탄성이 흘러나오자, 그때 피터도 고개를 돌려 뒤를 쳐다봤고 블러디 오우거의 목이 잘려 죽어 있는 것을 확인했다.

"내, 내가 오우거를……!"

피터는 자신이 오우거를 쓰러뜨렸다는 사실에 기가 막혔다. 그것도 보통의 오우거도 아닌 블러디 오우거를.

"피, 피터! 대체 어떻게 된 거냐?"

잭이 주저앉은 그대로 물었다. 피터는 머리를 긁적이며 대답했다.

"모르겠어요. 그냥 제가 미쳤나 봐요."

"야이 미친놈아! 네놈이 블러디 오우거를 죽였다. 블러디 오우거를 죽였다고!"

"정말로 이놈이 죽은 거 맞죠?"

"그래. 맞다. 아무리 오우거라도 목이 잘리고 멀쩡할 수 있겠냐?"

"그건 그렇군요."

"대체 어찌 된 일이냐?"

"그게 갑자기 힘이 불끈 솟으며 검이 스스로 움직이더라고요."

"검이 스스로 움직여?"

"그렇다니까요."

그러자 잭은 어이가 없다는 듯 실소를 흘리더니 이내 소리쳤다.

"제길! 나도 모르겠군. 정말로 네가 미치긴 미친 모양이다. 그렇지 않고서야 그런 일을 할 수는 없겠지. 하지만 어쨌든 중요한 건 네가 저 무식한 놈을 죽인 건 사실이다."

"아직도 꿈만 같아요."

"꿈이 아니라 현실이다. 네놈은 이제 오우거 슬레이어가 된 거야."

잭의 호들갑에 피터도 자신이 엄청난 일을 해냈음을 실감
했다. 피터는 왠지 멋쩍어 블러디 오우거의 몸체를 가리키며
말을 돌렸다.

"근데 이놈 가죽이 꽤 비싸다고 들었는데 팔면 돈 좀 되겠
군요."

"크하하하하! 가죽만 돈이냐? 이놈은 모든 게 다 돈이야.
보통의 오우거도 아닌 블러디 오우거의 사체라면 족히 5백
골드는 받을 거다. 이 부러운 녀석! 넌 이제 엄청난 부자가 된
거야."

"제가 아니라 우리 조가 잡은 거죠. 공평하게 나눌 겁니다.
조장이 항상 그랬듯이요."

피터는 빙그레 웃었다. 그러자 잭이 눈을 크게 뜨더니 씩
웃었다. 멀리서 지켜보고 있던 샤크의 입가에도 흐뭇한 미소
가 감돌았다.

Chapter 6

마왕의 친구

스페스 마을에 일대 경사가 벌어졌다. 몬스터 토벌대 중 한 조가 블러디 오우거를 잡은 것이다. 블러디 오우거를 죽였다는 사실은 마을 전체로 순식간에 퍼졌고 피터는 일약 영웅이 되었다.

블러디 오우거가 잡혔다는 소문을 어떻게 들었는지, 불과 10여일 사이에 돈 좀 있다는 상인들이 대거 나타나 경매를 벌였다. 스페스 마을의 촌장이 직접 나서서 경매를 주관했고, 블러디 오우거의 가죽과 뼈, 힘줄 등은 무려 650골드에 팔려나갔다.

경매 수수료와 세금을 제외하고 500골드가 피터에게 할

당되었지만, 피터는 그것을 조원들과 50골드씩 공평하게 나눠가졌다.

덕분에 샤크도 50골드를 받을 수 있었다. 그 돈은 스페스 마을에서 평생을 놀고먹어도 남을 만한 액수였다.

인간들이라면 이런 큰돈이 생기면 그날 밤 신나는 파티를 열 것이다. 샤크는 파티까지는 아니더라도 맛있는 요리라도 해먹겠다는 생각에 평소에는 비싸서 살 수 없을 만한 음식거리들을 잔뜩 샀다.

그러다 문득 잡화점에 들렀는데, 점원이 샤크를 보며 눈을 빛냈다. 피터의 조에 속한 조원들이 50골드라는 거액을 손에 쥔 소문은 벌써 마을의 웬만한 이들에게 다 퍼진 터였다.

따라서 점원은 샤크에게 잡화점에서 가장 비싼 물건을 들어 보이며 사기를 권했다.

"오! 테사 님, 어서 오십시오! 이제 잠시 지나면 겨울이 오는데, 스페스 마을의 겨울은 무척 춥지요. 북부 아이스랜드의 몬스터 중 하나인 스노우 마투나의 가죽으로 만든 코트와 털장갑을 부인께 선물해 주시는 건 어떠십니까? 코트는 50실버, 털장갑은 3실버로 본래 53실버이지만 둘 다 사시면 특별히 50실버에 드리겠습니다요."

"흠."

샤크는 부인에게 코트와 장갑을 선물하는 게 어떻겠냐는 점원의 말에 왠지 마음이 움직였다. 그는 흔쾌히 백색의 털가죽 코트와 장갑을 산 후 집으로 향했다.

'이런 걸 좋아할지는 모르겠군.'

지난 10여 일 동안 플로라는 샤크를 위해 매일 아침과 저녁을 만들어 주었다. 그녀에게 그런 일을 강요하지 않았는데 자발적으로 해 주니, 샤크로서는 어리둥절하면서도 왠지 흐뭇했다.

따라서 오늘 산 코트와 장갑은 그에 대한 보답이라 할 수 있었다. 용자인 그녀에게 피터처럼 무공을 전수해 줄 필요는 없으니, 인간 여성이라면 좋아할 법한 선물을 주기로 한 것이다.

잠시 후 집에 도착한 샤크는 문을 열고 거실로 들어갔다. 평소보다 조금 이른 시간이라 플로라는 이제 막 음식을 준비하기 위해 요리를 다듬고 있었다.

그러다 샤크가 나타나자 깜짝 놀라는 표정을 지었다.

"받아라."

그러다 샤크가 내민 털가죽 코트와 털장갑을 보며 멍한 표정으로 변했다.

"이게 뭐죠?"

"스노우 마투나란 몬스터의 가죽으로 만들었다는 코트와 장갑이다."

"그게 아니라 왜 제게 이런 걸 주는 거죠?"

"별 뜻은 없고 그냥 선물이다."

"선물이라고요?"

"그래."

샤크는 미소 지었다. 플로라는 마왕인 샤크가 이런 선물을 자신에게 건넬 줄은 상상도 못했던 터라 당황스러웠다.

"고마워요."

그래도 그녀는 자신도 모르게 그것들을 받아 쥔 후 몸에 걸쳐 보았다.

사실 용자인 그녀에게는 이보다 훨씬 더 화려할 뿐 아니라 심지어 희귀한 마법까지 깃들어진 코트와 장갑이 적지 않았다.

따라서 그에 비하면 샤크가 건넨 것은 무척 투박하고 촌스러운 것이었다. 그런데도 이상하게 마음에 들었다. 그녀의 입가에 미소가 피어나자 샤크 역시 흐뭇한 미소를 지었다.

"마음에 들어 하는 것 같으니 다행이군. 그럼 그동안 네가 요리를 해 주었으니 오늘은 내가 만들어 주겠다."

그 말에 플로라는 고개를 갸웃했다.

"오늘 무슨 날인가요? 왜 갑자기 제게 잘해 주는 거죠?"

"지금의 난 마왕으로서 용자인 네게 호의를 베푸는 것이
아니니 이상하게 생각할 것 없다. 지난번에도 말했지만 지
금의 난 인간이다."

"그러니까 인간으로서 하녀인 제게 호의를 베푼다는 뜻
이군요."

"말만 하녀지 네가 하녀 노릇을 한 적은 없지 않으냐?"

그 말은 틀리지 않았다. 지난 10여 일 동안 샤크가 그녀
를 하녀 취급한 적은 한 번도 없었다.

"그럼 용자도 하녀도 아닌 엘프 플로라에게 베푸는 호의
라고 보면 되겠군요."

"굳이 말하자면 그거겠지."

샤크는 그 말과 함께 요리를 시작했다. 그는 아주 정성스
럽게 야채를 다듬고, 수프를 끓이고, 고기를 구웠는데 플로
라는 그 모습을 지켜보며 복잡한 표정을 지었다.

'대체 저 자는 뭘까? 왜 마왕답지 않은 짓을 하는 것일
까?'

지금의 샤크는 그녀가 보기에 아주 평범하고 다정한 인

간의 모습이었다. 그녀의 마음이 두근거릴 만큼.

"식기 전에 먹어라. 대부분 처음 만들어 본 요리들이지만 먹을 수 있게 만들었으니 맛이 없진 않을 거야."

그 사이 요리들이 완성되어 식탁에 놓여졌다. 쇠고기를 얇게 잘라 끓는 물에 살짝 익혀 놓은 요리도 있었고, 닭고기를 부위별로 잘라 기름에 바싹하게 튀겨 놓은 요리도 보였다.

그뿐인가? 스테이크는 종류별로 있었고, 심지어 큼직한 생선에 양념을 뿌려 구워놓은 것도 보였다. 갖가지 먹음직스러운 과일과 야채들, 구수한 수프들……

어디서 구했는지 생크림이 듬뿍 발라진 케이크도 보였고, 한쪽엔 예쁜 그림이 그려진 쿠키와 비스킷들도 쌓여 있었다.

대체 그 짧은 시간에 어떻게 이 많은 것들을 구했는지 신기할 지경이었다. 물론 그가 마왕인 사실을 고려해본다면 별일 아니긴 하지만.

"안 먹을 건가?"

그 사이 샤크는 식탁 앞에 앉아 포크로 고기를 찍어먹고 있었다.

"먹어야죠. 고마워요. 잘 먹을게요."

플로라는 춥지도 않았지만 여전히 샤크가 건넨 털가죽 코트를 걸친 상태로 식탁 앞에 앉았다. 그러고는 한동안 식사를 하는데 집중했다.

'맛있네. 요리 솜씨가 제법인걸.'

샤크는 처음 만들었다고 했는데 일류 요리사가 만든 것 못지않았다. 그녀는 흐뭇하게 요리를 즐겼다. 그러다 그녀는 문득 자신도 모르게 말했다.

"이상해요. 왜 나는 당신이 마왕처럼 느껴지지 않는지 모르겠어요."

"마왕 맞으니 이상하게 생각할 것 없다."

"알아요. 마궁에서는 당신이 마왕이란 사실을 철저히 체감했죠. 그런데 지금 당신의 모습은 마왕이 아닌 인간 같아요."

"인간으로 변신했으니 당연한 것 아닌가?"

"그게 아니라 진짜 인간 같다는 거죠. 인간 냄새 나는 진짜 인간이랄까? 그런 느낌은 지금껏 만나 봤던 인간 출신 용자들에게서도 받아보지 못했어요."

"그건 내가 워낙 인간 연기를 잘해서 벌어지는 일이니 이상할 건 없다."

"하긴 그럴 수도 있겠군요."

플로라는 잠시 침묵했다가 다시 입을 열었다.

"당신은 용자인 난 살려 주고 마왕은 죽였어요. 그땐 그
이유를 몰랐는데 왠지 지금은 알 것 같군요."

"……."

샤크는 대답 없이 음식을 먹을 뿐이었다. 플로라는 말을
이었다.

"믿을 수 없지만 당신은 인간들을 좋아하고 있는 것이
틀림없어요. 그리고 지금 당신에게는 마왕이라면 절대 있
을 수 없는 따스한 마음이 존재해요. 세상에 당신 같은 마
왕이 존재한다는 것이 정말 특이하군요."

"특이할 것 없어. 난 본래 인간이었으니까 당연한 일이
야."

샤크는 무뚝뚝한 음성으로 대답했다. 그러다 플로라가
무슨 소리냐는 듯 두 눈을 크게 뜨고 쳐다보자 그는 픽 웃
었다.

"난 인간이었는데 죽고 나서 환야의 마왕으로 환생했
다."

"그럴 수가!"

플로라가 경악한 표정으로 벌떡 일어났다. 샤크는 그녀
의 잔에 맥주를 따라주며 말했다.

"그런데 전생의 인간이었던 기억이 그대로 유지되고 있다는 것이 특이할 뿐이지. 그것이 나를 마왕도 인간도 아닌 어중간한 존재로 만들어 버렸다."

"그게 정말인가요? 믿기 힘들군요."

플로라는 의자에 털썩 주저앉으며 물었다. 그러나 그동안 그녀가 파악한 샤크의 성격상 그가 결코 실없는 소리를 할 리가 없음을 잘 알았다.

따라서 샤크의 말은 사실일 것이다. 그가 전생에 인간이었고, 그 인간의 기억을 가진 상태로 마왕으로 환생했다는 것이.

그리고 그렇게 본다면 그동안 샤크의 기행이 이해가 되었다. 그가 마왕이지만 다른 마왕을 죽이는 것도, 오히려 용자에게 관용을 베푸는 것도, 특히 지금처럼 휴식이라면서 인간의 삶을 즐기고 있는 것도 모두 이해가 되었다.

그래도 워낙 터무니없는 얘기라 쉽게 믿기지 않았다. 아니 별로 믿고 싶지 않았다. 마왕은 혐오의 대상이어야지, 이런 식으로 이해의 대상이 되어서는 안 되기 때문이다.

그녀에게 있어 마왕은 무조건 죽여야 할 적이었다. 잠시 샤크에게 이상한 감정을 느끼긴 했지만, 그것과 상관없이 그녀가 할 수만 있다면 샤크를 죽이는 것이 당연했다.

그때 샤크가 나직하게 한숨을 내쉬며 말했다.

"내게 들은 건 잊어버려라. 어차피 오늘 이후로 우리가 다시 만날 일은 없을 테니까 말이야. 그렇지 않아도 난 그만 휴가를 마치고 돌아갈 생각이었다."

"그럼 날 정말 풀어 주는 건가요?"

"물론이다. 네가 날 귀찮게 할 생각이 아니라면 지금 떠나도 좋다. 너에 대한 모든 금제를 풀어주도록 하지."

샤크가 슬쩍 손을 휘저었다. 그러자 플로라의 외모가 본래로 돌아왔다. 눈부신 푸른 머리카락에 은가루를 뿌려놓은 듯 하얀 피부를 가진 아름다운 엘프의 모습이었다.

스스스―

그 사이 샤크 역시 본신으로 돌아왔다. 신비로운 은발 청년. 그의 눈빛은 짙은 우수로 가라앉아 있었다. 그는 돌연 씩 웃으며 말했다.

"고맙다고 해야겠군, 용자 플로라. 네 덕분에 휴가를 아주 즐겁게 보냈으니 말이야. 난 마지막으로 맥주나 몇 잔 더 하다 오늘 자정이 되면 돌아갈 생각이니 염려마라. 너의 가디언들은 그때 바로 이곳 대륙으로 보내주겠다."

"……."

플로라는 말없이 복잡한 표정으로 샤크를 쳐다보고 있었

다. 샤크는 맥주를 한 잔 비우고는 힐끗 그녀를 쳐다봤다.

"왜 아직 그러고 있지? 넌 이제 자유다. 더 이상 내 눈치를 보지 말고 떠나도 된다는 뜻이다."

"알고 있어요."

플로라는 맥주를 벌컥벌컥 마신 후 샤크를 슥 노려봤다. 그러자 샤크가 인상을 살짝 찌푸렸다.

"제길, 뭔가 못마땅한 기색이군. 내가 마궁에서 널 좀 괴롭힌 것 때문에 그러는가 본데, 그 정도로 혼내고 봐준 걸 다행으로 여겨라. 또다시 정신 못 차리고 찾아와 까불면 아무리 네가 용자라 해도 용서하지 않을 테니까."

샤크는 어서 꺼지라는 듯 짐짓 험악해 보이는 눈빛으로 플로라를 노려봤다. 순간 플로라는 움찔했지만, 그의 시선을 피하지 않고 말했다.

"솔직히 그때 일을 생각하면 이가 갈리긴 하지만, 들어보니 이해가 되긴 하네요. 어쨌든 내가 당신을 먼저 공격했으니 그 정도 당하는 건 싸죠. 그리고 그 일 때문에 유감이 있어 남아 있는 건 아니에요."

"그렇게 생각하고 있다니 기특하군."

"그보다 어차피 이렇게 됐으니 그냥 허심탄회하게 얘기한 번 해 보는 게 어때요?"

"무슨 얘기를 하자는 거냐?"

그러자 플로라는 미소 지었다.

"아까 그 얘기요. 당신이 전생에서 인간이었던 얘기."

"그 얘기는 잊어버리라 했지 않았느냐? 그리고 이제 그런 걸 얘기할 필요는 없다. 넌 용자이고 난 마왕이니까."

"오늘 자정까지는 휴식 기간이라 했잖아요. 아직 시간이 남았으니 그때까지 난 평범한 엘프로서 평범한 인간인 당신의 얘기를 듣고 싶어요. 그럼 안 될까요?"

그 순간 샤크의 가슴이 뭉클했다. 평범한 엘프로서 평범한 인간의 얘기를 듣고 싶다? 플로라의 표정을 보니 가식으로 말하는 것 같지 않았다. 샤크는 고개를 끄덕였다.

"전생에서 나는 협의를 추구하던 무림인이었다. 환야로 치자면 용자와 비슷한 길을 걸었다는 뜻이지. 힘이 있다고 약한 자들을 착취하거나 괴롭히는 녀석들을 혼내 주는 것이 나의 주된 관심사였다."

"아, 멋지군요."

플로라가 관심을 보이자 샤크는 고무되어 무림에서 벌어졌던 자신의 기행들을 얘기해 주었다.

사악한 짓을 꾸미던 사파의 단체들을 박살 내고, 단신으로 마교와 싸워 승리를 거둔 일부터 시작해 죽어 마땅한 녀석들을 갱생시켜 협의를 추구하게 만들려고 고군분투했던 일까지.

"정말 대단해요. 당신이야말로 모든 용자들의 본보기가 될 만한 삶을 살았군요."

플로라의 표정은 경탄으로 가득했다. 그러나 그녀는 다음에 이어진 샤크의 말에 깜짝 놀라고 말았다.

"그러나 결과는 배신이었지. 그토록 믿었던 정도맹 녀석들까지도 마교도와 한패가 되어 나를 공격했다."

"어쩜 그럴 수가!"

샤크가 마지막에 저항을 포기하고 스스로 죽음을 선택했다는 얘기까지 했을 때는 플로라의 눈에서 눈물이 뚝뚝 흘러내렸다.

"그런 파렴치한 배신을 하다니 정말 너무들 했군요."

"이미 지난 일이다."

샤크는 앞에서 눈물을 흘리고 있는 플로라를 쳐다보며 기이한 감정에 휩싸였다. 그가 인간이었다는 사실을 밝힌 것은 로아탄 카렌에 이어 플로라가 두 번째지만, 전생에서 벌어졌던 파란만장한 삶에 대해 얘기한 건 플로라가 처음이었다.

그런데 플로라가 그 얘길 듣고 샤크의 분한 심정을 이해

한다는 듯 눈물을 흘려 주니, 그로서는 왠지 애틋한 마음이
들지 않을 수 없었다.

"오늘 내가 말한 것은 너만 알고 있도록 해라."

"물론이죠. 그건 염려 말아요."

"혹시라도 널 괴롭히는 녀석들이 있으면 날 찾아와도 좋
다. 마궁으로 올 수 있는 포탈을 계속 열어 두겠다."

플로라가 어이없다는 듯 샤크를 쳐다봤다.

"그러니까 마왕인 당신이 용자인 나를 지켜 주겠다는 것
인가요?"

"지켜 준다기보다 네가 부탁하면 한 번쯤 도와주겠다는
뜻이지."

"그 말이 그 말이잖아요."

"글쎄! 이제 자정이 임박한 것 같으니 그만 가봐라. 나
역시 이 술잔만 비우면 마궁으로 돌아갈 테니까."

"아! 벌써 시간이 그렇게 되었군요……."

플로라는 탄식했다. 무엇 때문인지 자리에서 일어나기가
싫었다.

문득 그녀는 자신이 용자가 아닌 평범한 엘프이며, 샤크
가 마왕이 아닌 평범한 인간이었으면 좋았을 지도 모른다
는 생각도 들었다. 그러면 샤크의 부인이 되어 행복하게 살

수 있을 테니까.

'아, 내가 무슨 생각을…….'

그녀는 스스로 생각해도 어이가 없어 실소를 지었다. 그러나 이상하게도 방금 전의 그 상상이 쉽게 사라지지 않았다.

탁.

그때 샤크가 술잔을 비우고 식탁 위에 내려놓더니 슥 일어났다.

"생각해 보니 내가 떠나는 것이 맞겠군. 이곳은 네가 지키는 대륙이니 말이야. 그동안 손님이 주인 행세를 해서 불편을 끼쳤으니 미안하게 생각한다. 그럼 난 이만."

"잠깐만요."

플로라가 다급히 외쳤다. 샤크가 힐끗 그녀를 쳐다봤다.

"아 참, 그렇군. 이것들을 돌려주는 걸 깜빡했어."

샤크는 아공간에서 성검 루크를 비롯해 플로라와 그녀의 가디언들에게 빼앗은 무기와 방어구들을 모두 꺼내 내려놓았다.

"이제 됐지? 그럼 나는 이만."

"가끔 놀러가도 되나요?"

그러자 샤크가 어이없어하는 표정으로 플로라를 쳐다봤

다.

"지금 뭐라고 했지?"

"그냥 가끔 놀러가도 되냐고요."

샤크의 두 눈이 가늘어졌다.

"또 날 찾아와 귀찮게 하겠다는 건가?"

"귀찮게 하려는 것이 아니라 친구로요."

"친구라고?"

"오늘처럼 편하게 맥주도 한 잔 하고 그러면 좋잖아요."

순간 샤크가 미소 지었다.

"그런 거라면 환영이다. 얼마든지 찾아와라. 널 친구처럼 생각할 테니."

"약속한 거죠?"

플로라는 가슴이 세차게 뛰었다. 용자인 그녀가 마왕의 친구가 되었다는 것이 이렇게 기분 좋을 수가 있다니, 그녀 스스로 생각해도 정상이 아니었지만 그래도 사실인 걸 어쩌란 말인가.

—로드! 오래 기다리셨죠? 이제 그 마왕 놈은 끝났어요.

그런데 그때 그녀에게 뜻을 전해온 이가 있었으니 다름 아닌 그녀의 가디언인 로아탄 베아티였다. 이데스 대륙의 용자 르티아에게 도움을 요청하러 갔던 그녀가 지금 돌아온 것이다.

순간 플로라는 가슴이 철렁 내려앉았다. 본래라면 베아티가 돌아온 지금 쾌재를 불렀을 것이다. 그러나 지금은 자칫하면 돌이킬 수 없는 일이 벌어질 것 같아 다급히 뜻을 전했다.

—베아티, 혹시 르티아 님과 함께 온 거야?

—아쉽지만 르티아 님은 다른 일로 바빠서 오시지 못했어요. 하지만 마침 이데스 대륙에 방문한 다른 용자들이 세 분이나 나서 주셨어요.

그 말과 함께 베아티는 함께 온 세 용자들의 이름을 말했다. 그들은 모두 플로라와 안면이 있는 용자들이었고, 그녀보다 강한 자들이었다.

—어때요? 이 정도면 그 마왕이 아무리 강하다 해도 꼼짝없이 당하고 말 거예요.

—잠깐! 베아티, 내가 나중에 설명할 테니 돌아가 줘. 마왕은…….

—로드! 이미 그분들에 의해 마왕은 포위된 상태예요. 아무 걱정 마세요.

플로라가 설명할 사이도 없이 주변의 공간이 일그러지기 시작했다. 플로라는 다급히 외쳤다.

"테사 님! 어서 피하세요. 지금 용자들이……."

"알고 있어. 용자 셋이 나를 포위한 후 결계를 만들고 있군."

샤크는 전혀 겁내는 표정이 아니었다. 오히려 미소를 지었다.

"용자들이 마왕에게 핍박당하는 다른 용자를 도우러 온 것은 지극히 당연하며 권장할 만한 일이다. 그리고 그들에 의해 마왕은 최후를 맞이하는 것이 맞겠지."

"그게 무슨 말이에요? 당신은 절대 죽어서는 안 돼요."

"물론 난 죽지 않는다. 나중에 언제든 심심하면 찾아오도록 해."

샤크는 알 수 없는 말을 하며 미소를 지었다. 그 사이 그의 모습은 붉은 날개를 가진 흉측한 마왕의 모습으로 바뀌어 있었다.

Chapter 7

결계 속의 두 마물

콰콰콰—!

폭풍이 형성한 구름이 상공을 휘돌고 있는 것을 빼면 사방 어디를 둘러봐도 아무것도 없는 텅 빈 공간.

그 안에 다섯 명의 존재가 모습을 드러냈다.

그중 하나는 붉은 날개를 펄럭이는 마왕이었고, 나머지 넷은 용자들이었다.

"마왕! 용서할 수 없다."

"사악한 마왕 놈! 오늘이 너의 최후가 될 것이다."

아디란 대륙의 용자 플로라를 지원 온 세 용자들은 마왕을 포위했고 곧바로 공격을 시작했다.

파파파파팟―!

푸른빛을 발산하는 창을 휘두르는 용자 펠릭스, 녹색의 검을 들고 날아오는 용자 레온, 자줏빛의 스태프를 들고 있는 용자 자나.

번쩍! 콰르르릉!

이들 셋이 동시에 공격해 오자 붉은 마왕은 허둥대며 방어를 하기 바빴다. 간혹 반격을 하기도 했지만, 그의 반격은 용자들이 가볍게 흩어버렸다.

그러자 마왕의 몸집이 돌연 몇 배 이상으로 커졌고 그의 두 눈에서 섬뜩한 붉은빛이 퍼져 나왔다.

"쿠후후후, 과연 용자들이로군. 하지만 이 공격은 피해 내기 힘들 것이다. 어디 한 번 막아보아라."

급기야 마왕은 윙 블레이드를 형성해 용자들을 맹렬히 공격했다.

파파파― 파파파팟!

마왕의 윙 블레이드는 실로 가공했다. 그것이 형성한 궤적 안에 위치한 용자들의 방어구가 찢겨 나갔고 전신에서 피가 터져 나왔다. 용자들이 기를 쓰고 방어했지만, 그들은 몸은 순식간에 만신창이로 변했다.

"크윽! 이대로는 안 되겠소."

"맞아요. 각자가 가진 최후의 비기를 펼치기로 해요."

위기에 처한 용자들은 최후의 힘을 짜내 마왕에게 합공을 퍼부었다.

번쩍! 콰아아아아—

방대한 공간을 가득 메우는 듯한 푸른빛과 녹색 빛의 폭풍! 그리고 자줏빛의 폭풍이 세 방향에서 마왕을 향해 작렬했다. 마왕은 허둥대기만 할 뿐 그것을 막아내지 못했다.

"크으으! 부, 분하다……."

결국 붉은 날개의 마왕은 원독의 눈빛으로 용자들을 노려보더니 이내 먼지로 변해 흩어져 버렸다.

"휴! 아주 강한 놈이었소."

"플로라 님이 왜 놈에게 당했는지 이해할 것 같습니다."

"셋이 합공을 하지 않았으면 이기기 힘들었을 거예요."

세 용자들은 만신창이가 된 자신들의 모습을 보며 쓰게 웃었다. 그러다 한쪽에서 망연자실한 표정으로 마왕이 죽어 사라진 곳을 바라보고 있는 플로라를 쳐다봤다.

"하하하! 이제 마왕은 사라졌으니 안심하시오, 플로라 님."

"플로라 님, 당신이 위기에 처해 있다는 말을 듣자마자 즉시 달려왔어요. 정말 무서운 마왕에게 고통을 당하고 있었군요."

용자들이 다가와 위로의 말을 건네자 플로라는 애써 미소를 지어 보였다.

"고마워요, 펠릭스 님, 레온 님, 그리고 자나 님. 오늘의 도움 절대 잊지 않겠어요."

플로라의 미소에는 알 수 없는 슬픔이 깃들어 있어 용자들은 고개를 갸웃했지만, 그들은 그녀가 그동안 마왕에게 말로 형언할 수 없는 학대를 받았던 것 때문에 그럴 것이라 짐작했다.

그 사이 용자들이 펼친 결계가 사라지고 플로라는 본래 있던 통나무집의 거실로 돌아왔다. 세 용자와 가디언 로아탄 베아티도 따라 들어왔다.

"로드! 그동안 얼마나 고초가 심하셨나요?"

베아티가 눈물을 뿌리며 달려와 플로라의 앞에 부복했다. 플로라는 베아티의 머리를 쓰다듬어 주며 씁쓸히 웃었다.

"난 괜찮아, 베아티. 네 덕분에 위기를 넘길 수 있었구나."

그녀는 마음에 없는 말을 할 수밖에 없었다. 조금 전 죽은 마왕은 결코 사악하지 않으며, 마왕이 아닌 용자들의 편에 서는 좋은 마왕이라고 설명할 수는 없는 일이기 때문이다.

그 사이 자신들의 상처를 치료한 용자들이 거실 안을 돌아보며 말했다.

"오! 여기 아주 맛있어 보이는 요리들이 있군요."

"후후, 마왕도 죽었으니 우리끼리 자축이라도 하는 게 어때요?"

"자축이라! 그거 좋지요."

"호호홋! 이제 제게 그 사악한 마왕을 어떻게 처치했는지 알려 주세요."

용자들이 빙 둘러 식탁에 앉아 파티를 벌이기 시작했다. 베아티 역시 신이 난 표정으로 합류했다.

플로라는 쓴웃음을 지었다. 저들은 이 식탁 위에 차려진 많은 요리들을 누가 만들었는지 상상도 못 하리라.

'테사! 당신 정말 죽은 건 아니죠?'

플로라는 샤크가 마지막으로 지었던 알 수 없는 미소를 떠올렸다.

"용자들이 마왕에게 핍박당하는 다른 용자를 도우
러 온 것은 지극히 당연하며 권장할 만한 일이다. 그

리고 그들에 의해 마왕은 최후를 맞이하는 것이 맞겠
지……."

그 말과 함께 그는 죽지 않을 테니 놀러 오라는 말도 했
다. 그 말대로라면 그는 절대 죽지 않았을 것이다.

'하긴 마궁에 본신이 있다면 아까 부서진 건 그의 분신
일 뿐이겠지.'

그 생각을 하자 그녀는 왠지 마음이 놓이긴 했다. 한편으
로 샤크에게 미안한 마음도 들었다.

'그는 충분히 이길 수 있었지만 당해 주었어. 그걸 저들
이 알고는 있을까?'

샤크와 치열한 접전을 벌이던 용자들은 모르고 있지만
멀리서 그 상황을 지켜봤던 플로라는 확연히 알 수 있었다.
샤크의 전투력이 압도적으로 높았다는 사실을 말이다.

그러나 그는 전력을 다하지 않고 일부러 용자들의 공격
을 맞아 주었다. 아무리 분신이라지만 그것이 부서질 경우
본신에도 적지 않은 타격을 주게 된다 들었는데, 마왕이 용
자들을 위해 그러한 희생을 하다니!

'나중에 찾아가 꼭 고맙다는 말을 해야겠어.'

그때 용자 펠릭스가 플로라를 쳐다보며 말했다.

"그러고 보니 사악한 마왕이 아디란 대륙을 멀쩡하게 놔두었다니 이해하기 힘든 일이오. 놈 정도라면 지금쯤 아디란 대륙이 피에 물들거나 웬만한 종족들이 멸종을 하고 말았을 텐데 어찌 그대로 두었는지 모르겠소."

용자 자나도 고개를 끄덕였다.

"저도 그렇게 생각해요. 대체 그는 무엇 때문에 아디란 대륙을 멀쩡히 내버려 두었을까요? 어쨌든 플로라 님께는 천만다행한 일이에요."

그러자 용자 레온이 양고기 꼬치를 씹으며 말했다.

"쩝! 이거 양념이 아주 잘 배어 있어서 그런지 아주 맛있군요. 그보다 혹시 플로라 님은 알고 계시오? 얼마 전 대마왕 플런더가 르티아 님께 선전포고를 했소."

플로라는 깜짝 놀랐다.

"그게 정말인가요?"

"그렇소. 오랜 세월 동안 르티아 님을 못마땅하게 여기던 플런더 놈이 드디어 일을 벌인 모양이오. 그동안 용자들이 산발적으로 각자의 대륙에서 마왕들과 전투를 벌였다면, 앞으로는 지금껏 본 적 없는 대규모 집단전투가 될 가능성이 높소."

자나가 말을 이었다.

"이미 마왕들이 떼거리로 몰려다니며 용자들을 공격하고 있다는 얘기도 있어요. 그런 만큼 앞으로 우리 용자들도 가능하면 서로 협조해 언제든 놈들과 맞설 준비를 해야 해요."

"물론이에요. 저 역시 최선을 다해 협조하겠어요."

대마왕 플런더가 드디어 마수를 드러냈다는 말에 플로라는 마음이 무거워졌다. 그것은 그녀뿐 아니라 모든 용자들이 마찬가지일 것이다.

혹시라도 플런더와의 전쟁에서 르티아가 패배하기라도 하면 이후 용자들은 물론 그들이 수호하는 세계들이 어떤 끔찍한 지경에 처하게 될지 상상조차 하기 힘들기 때문이다.

그래서일까? 막상 마왕을 해치웠다며 자축 파티를 벌이자던 펠릭스와 자나 등의 표정도 침중하게 굳어져 있었다. 그들은 짐짓 플로라를 위로하기 위해 쾌활한 모습을 보였을 뿐 환야에 유례없는 거대한 전쟁을 앞두고 바싹 긴장하고 있는 것이 분명했다.

그때 펠릭스가 펠로라를 쳐다보며 말했다.

"그런데 그 문제로 인해 르티아 님이 우리들에게 아주 특별한 부탁을 하셨소."

"특별한 부탁이라고요? 그게 뭐죠?"

"이번 전쟁에 승리하기 위해서는 인간들이나 이종족들의 도움이 필요하다는 것이오. 구체적으로 말하면 각 대륙마다 적어도 이십만 이상의 인간이나 이종족들로 구성된 군단을 만들어 보내달라는 것이오."

"용자와 마왕의 전쟁에 인간과 이종족들의 힘이 필요하다고요? 그게 대체 무슨 소리죠?"

그것은 플로라의 상식으로서는 말도 안 되는 소리였다. 그녀가 아디란 대륙의 용자이지만, 이곳 대륙의 인간들이나 이종족들은 용자란 존재가 있는지도 모른다.

그녀는 아디란 대륙의 내부에서 벌어지는 일에는 간섭하지 않으며, 오직 환야에 존재하는 마왕이나 마족들이 아디란 대륙을 공격할 때만 은밀히 싸워왔던 것이다.

그것은 그녀 뿐 아니라 거의 모든 용자들이 비슷했다. 따라서 용자들이 지켜야 할 인간과 이종족들을 마왕과의 전투에 투입한다는 것은 절대 있을 수 없는 일이었다.

레온이 플로라의 심정을 이해한다는 듯 침중한 표정으로 말했다.

"르티아 님은 그동안 우리 용자들이 인간들과 이종족들을 지켜 주고 있지만, 정작 그들은 우리의 희생을 전혀 모르고 있다는 것이 문제라고 하셨소. 따라서 앞으로는 그들 또한 전쟁에 나가서 마왕군과 싸워보며, 우리 용자들이 얼마나 큰 희생을 하고 있는지 알게 해야 한다는 것이오."

플로라는 어이없어하는 표정을 지었다.

"말도 안 돼요. 우리 용자들이 존재하는 이유는 각자에게 주어진 대륙을 마왕으로부터 수호하기 위함이죠. 그로인해 희생을 하는 건 당연한 일인데, 그걸 굳이 왜 인간들에게 알리려 하죠? 그걸로 생색이라도 내자는 건가요?"

레온이 고개를 끄덕였다.

"나 역시 솔직히 르티아 님의 그런 말에 동의할 수 없소. 그러나 설령 이해할 수 없다 해도 우리가 그분의 부탁을 어찌 거절할 수 있겠소?"

자나가 한숨을 내쉬며 말했다.

"맞아요. 저도 정말 내키지 않는 일이지만 르티아 님의 부탁이라 어쩔 수 없이 따르기로 했어요. 그분은 이 일에 협조하지 않는 용자들은 이후로 아군이라 생각하지 않겠다는 강경한 말까지 하셨죠."

그럴 수가!

플로라는 그들을 노려봤다.

"그렇다면 인간들을 강제로 징집해 내보내야 한다는 뜻

인데 그들이 돌아오리란 보장이 있나요?"

그러자 펠릭스 등이 일제히 고개를 흔들었다.

"용자들과 가디언 로아탄들이 군단장이 되어 싸우긴 하겠지만, 마왕군과 전투를 벌이면 인간들은 희생될 것이 분명하오."

"사실상 전멸하게 될 거예요."

플로라는 기막혔다.

"그걸 알면서도 그분의 뜻에 따를 생각인가요?"

"그럼 어쩌겠소? 그분의 뜻을 어기게 되면 더욱 끔찍한 일이 벌어지게 된단 말이오. 당신은 그분이 우리를 아군으로 간주하지 않는다는 말이 어떤 뜻인지 모르겠소?"

"……."

플로라가 침묵하자 펠릭스가 말을 이었다.

"우리가 오늘 이곳에 달려온 것도 그분의 뜻이었소. 만일 그분이 당신을 아군으로 간주하지 않았다면, 우리는 이곳에 오지 못했을 것이오. 당신은 마왕에게 결국 죽임을 당하고 아디란 대륙은 끔찍한 지경에 놓이고 말았을 것이오."

"하아!"

플로라가 탄식하자 자나가 플로라의 손을 잡으며 말했

다.

"이 무서운 전쟁이 끝나기 위해서는 인간들의 희생이 불가피해요. 우리가 할 수 있는 건 인간들에게 마왕의 세력에 대해 인지시키고 최대한 자발적으로 그들을 전투에 참여하게 만드는 것이에요."

"무조건적인 죽음이 예정되어 있는데 그곳으로 몰아넣자고요?"

"어쩔 수 없잖아요. 그렇지 않으면 대륙 자체가 마계화되어 사라져버릴 수도 있는 걸요."

자나의 말에 플로라는 뭐라고 반박할 수 없었다. 자나가 미소 지었다.

"명분은 충분해요. 인간들에게도 자신들의 대륙을 수호할 기회를 주자는 것이죠. 특히 그런 외부의 강대한 적을 인지시키면 그들 간의 전쟁도 줄지 않겠어요?"

"생각해 보겠어요."

플로라는 힘없이 대답했다. 자나의 말이 맞긴 했다. 아디란 대륙 내부에서는 제국과 왕국간, 혹은 왕국과 왕국간의 전쟁이 끊이지 않으며, 그러한 큰 전쟁 말고도 온갖 이권 다툼의 분쟁 속에서 인간들끼리 서로 죽이고 해치는 일이 비일비재하기 때문이다.

용자들은 대륙 내부의 일에는 간섭하지 않는다는 불문율이 존재하기에, 그녀 또한 가능한 거의 관여하지 않는 편이었다. 하지만 그 꼴을 지켜보고 있으면 깊은 한숨이 터져 나올 때가 많았다.

죽어라 마왕과 싸워 대륙을 지켜 놓으면 뭘 하는가? 인간 중에서도 마왕 못지않은 사악한 심성을 가진 이들이 수두룩해, 온갖 끔찍한 일들이 벌어지고 있는데 말이다.

따라서 외부의 가공할 만한 적을 인지시켜 모두를 불안하게 만들면 상호간에 싸울 일은 대폭 줄어들 것이란 자나의 말은 틀리지 않았다.

그러나 아무리 그런 이유라 해도 그녀는 르티아의 말에 따를 수는 없었다.

죽음이 예정된 곳으로 보내는 건 그들을 용자의 손으로 죽이는 것이나 다를 바 없기 때문이다.

'르티아 님은 왜 이런 일을 벌이는 것일까? 대체 무엇 때문에?'

인간 혹은 이종족들을 희생시키는 것과 용자들이 마왕을 상대하는 것이 대체 무슨 관계가 있다는 말인가? 그녀로서는 도무지 르티아의 의도를 이해할 수 없었다.

잠시 후 용자 펠릭스 등은 돌아갔다. 그 사이 마궁의 노예로 잡혀 있던 가디언들이 모두 풀려나 플로라를 찾아왔다. 이렇게 아디란 대륙은 안정을 찾았지만, 그녀는 르티아가 부탁한 것으로 인해 고심 중이었다.

그러다 그녀는 르티아가 베아티를 통해 맡겨둔 마물들이 떠올랐다. 다른 존재도 아닌 마물들을 감시하라고 맡겨둔 이유가 대체 무엇일까?

"베아티, 나를 마물들이 있는 곳으로 안내해."

"네, 로드."

베아티는 그녀가 북부 아이스랜드에 위치한 극한의 오지로 플로라를 안내했다. 마물들은 베티아가 설치해 둔 결계 속에서 몸을 웅크린 채 오들오들 떨고 있었다.

'오크와 라따?'

마물들은 짙은 어둠의 마나에 휩싸여 실로 소름 끼칠 정도로 흉물스럽게 생겼지만, 플로라는 그들의 정체가 오크와 라따라는 사실을 어렵지 않게 알 수 있었다.

라따는 비교적 순한 성격을 가져서 몬스터라기보다는 이종족으로 취급하는 편이며, 오크는 몬스터임은 맞지만 그렇다 해서 마물로까지 취급받지는 않았다.

그런데 저들이 어째서 저토록 끔찍스럽도록 사악한 저주

의 기운을 풍겨내는 마물이 된 것일까? 아니, 그보다 어째서 환야의 절대용자라 불리는 르티아의 특별 관리 대상에 들어가 있는 것일까?

또한 르티아는 왜 자신의 이데스 대륙이 아닌 이곳 아디란 대륙에 저들을 가둬둔 것일까?

플로라는 여러 가지 의문이 떠올랐지만 별다른 해답을 얻을 수 없었다.

'뭔가 이유가 있겠지.'

그녀는 그보다 비할 수 없이 큰 문제로 고심 중이라 더 이상 마물들에 대해 신경을 쓰지 않기로 했다. 곧바로 그녀는 가디언 베아티와 함께 어디론가 사라졌다.

휘이이이—

세찬 바람이 몰아치는 극한의 오지. 결계로 인해 외부로 나갈 수는 없지만 살 떨리는 한기와 바람은 그대로 들어왔다.

"크으윽……!"

"으으……!"

오크와 라따는 웅크린 채 고통에 겨운 신음성을 냈다. 그러던 오크가 라따에게 말했다.

"취익, 취익! 이그칼요으살⋯⋯."

라따는 오크가 뭐라고 말하는지 알아들을 수 없었다. 서로의 말을 알아들을 수 없도록 하는 저주 때문이었다.

그러나 라따는 오크 즉, 할아버지가 무슨 말을 하는지 짐작했다.

아마 절대 포기하지 말고 용기를 내라는 것이리라. 로드가 반드시 찾아와 구해 줄 것이라고!

또한 가증스러운 그 용자에게 이 모든 보복을 해 줄 것이라고 말이다.

그렇다. 이들은 다름 아닌 라우벤과 로니안이었다.

오르덴의 도시 트라구다에서 용자 르티아를 따라갔던 그들은 그가 성녀에게 안내해 자신들의 저주를 모두 풀어 줄 것을 의심하지 않았다.

그러나 그들은 성녀의 근처에도 가보지 못했고, 오히려 또 다른 저주들을 받고 이 알 수 없는 극한의 오지에 갇히고 말았다.

그리고 그때 그들은 르티아의 두 눈이 섬뜩하게 번뜩이는 것을 보았다. 당시 그가 했던 말을 지금도 잊을 수 없다.

"사악한 마왕의 주구 따위에게 베풀 자비는 없다.
너희들은 하찮은 마물에 불과할 뿐이니 그에 해당하는
대접을 해 주마!"

마왕 샤크의 부하였다는 이유로 그는 그들을 마물로 취급했다. 그때의 그에게는 도시 트라구다에서 보여 줬던 자비롭고 대범한 용자의 모습은 찾아볼 수 없었다.

비로소 라우벤은 르티아가 뭔가 목적이 있어서 자신들을 잡아 두었음을 간파했고, 그것이 바로 로드 샤크 때문이란 사실을 짐작했다.

로드 샤크가 언제고 찾아올 때를 대비해 자신들을 볼모로 잡아 두어 일종의 히든카드로 활용하려는 목적인 것이다.

더욱이 자신들을 이데스 대륙이 아닌 이곳 낯선 대륙에 숨겨둔 것은, 샤크가 이데스 대륙을 초토화시키는 것과 같은 최악의 상황을 대비하기 위함이 분명했다.

그것은 다시 말해 르티아가 샤크를 매우 두려워하고 있다는 사실을 의미했다.

'크크크! 로드, 그 찢어 죽일 놈이 우리에게 하는 짓으로 인해 당신이 아직 살아 있다는 것을 확신할 수 있었습니다.

그리고 저야 얼마든지 기다릴 수 있습니다. 고통 따위야 이력이 났으니 이젠 아프다는 감각도 없습니다. 문제는 저 어린 것이 느낄 고통입니다. 부탁이니 제발 좀 빨리 찾아와 주십시오.'

라우벤은 손녀 로니안을 볼 때마다 가슴이 찢어지는 듯했다. 그러나 로니안 또한 의외로 의연했다. 입에서는 연신 신음이 흘러나오고 있었지만, 그녀의 눈빛은 단호한 의지가 가득했다.

'할아버지, 저는 괜찮아요. 고통이란 것도 하도 겪다 보니 이젠 별것 아니게 느껴지는 걸요. 두고 보세요. 로드가 꼭 우릴 찾아내 구해 줄 거예요.'

그렇게 그들은 입으로는 흉측한 소리를 내지만 마음으로는 더없이 강한 의지를 불태우고 있었다.

저주의 고통은 끔찍했지만, 그들에게 불가사의한 생존력을 주었다. 아무것도 먹거나 마시지 않고도, 잠을 자지 않아도 죽지 않았기 때문이다.

오히려 생명력은 더욱 강해졌다. 그만큼 많은 고통을 느끼라고 내려 준 저주이지만, 그들의 의지가 고통을 극복했다.

그것은 무공에 있어서 새로운 깨달음을 주었고, 특히 라우벤은 그 가공할 만한 생명력을 마나처럼 활용할 수 있게 되었다. 그로 인해 그는 작정하면 예전 인간이었을 때보다 훨씬 강력한 전투력을 발휘할 수 있었다.

'제길! 포르미카의 날개를 빼앗기지 않았다면 웬만한 로아탄 정도는 두렵지 않을 것을…….'

샤크가 마왕 포르미카를 해치우고 그것의 날개를 이용해 만들어 준 대검. 만일 그것이 있다면 그는 이렇게 결계에서 웅크리고 있지 않고 어떻게든 탈출을 감행했을 것이다.

그 검만 있다면 이곳 세계에서 그들을 가둔 베아티라는 로아탄쯤은 충분히 이길 자신이 있기 때문이었다.

그러나 안타깝게도 그 검은 이미 르티아에게 빼앗기고 말았으니!

"……!"

그런데 그렇게 탄식하고 있는 라우벤의 눈에 누군가 나타났다.

붉은 머리를 가진 여인.

라우벤은 이 여성이 누군지 알고 있었다. 그가 매우 증오하는 용자 르티아의 가디언이었으니까.

'로아탄 카렌!'

그녀가 왜 이곳에 왔단 말인가? 그녀를 노려보는 라우벤의 눈빛에는 경계심과 원독이 가득했다.

그러나 라우벤은 이내 카렌의 몰골이 만신창이에 가깝다는 사실을 보고 놀랐다. 그녀의 아름다운 머리카락은 심하게 헝클어져 있었으며 한쪽 팔은 시커멓게 타버린 상태였다. 찢어져 너덜거리는 붉은 갑옷 사이로 깊게 베어진 상처들만 십여 군데가 넘었다.

툭.

그때 카렌이 뭔가를 라우벤 앞에 던졌다. 놀랍게도 그것은 라우벤이 애타게 찾던 대검 포르미카의 날개였다.

'이것을 어찌?'

라우벤은 이 믿기지 않은 현실에 눈을 부릅떴다. 카렌의 의도는 무엇이란 말인가? 그녀는 왜 만신창이가 된 상태로 나타나 이 검을 던져 주는 것일까?

"네 검을 받아라. 그리고 나를 따라와라."

카렌이 신음하듯 내뱉었다. 라우벤은 포르미카의 날개를 쥐고 그녀를 노려봤다

"용자 르티아의 가디언 카렌! 당신은 지금 무슨 수작을 부리는 건가?"

그가 이렇게 말하지만 저주로 인해 상대에게는 그저 울부짖는 소리로만 들릴 것이다. 그러나 카렌은 라우벤의 말

을 알아들을 수 있든 듯 엷게 미소 지었다.

"네 말대로 나는 르티아 님의 가디언이지. 그러나 그가 너희들에게 한 일은 결코 옳지 않아. 나는 그가 너희들의 저주를 풀어줄 것이라 생각했는데 그는 매우 사악한 짓을 벌였거든."

"그래서 설마 가디언인 당신이 그를 배신한 것이오?"

카렌이 입술을 깨물었다.

"나는 그를 배신할 수 없어. 하지만 그가 너희에게 한 짓만은 묵과할 수 없다."

"그럼 어찌할 셈이오?"

"너희들의 저주를 풀어 주겠다. 시간이 없으니 어서 날 따라와."

저주를 풀어 준다니! 라우벤과 로니안은 이게 꿈인가 싶었다. 그러나 그들은 로아탄 카렌이 결코 헛소리를 하는 것이 아님을 알았다.

아니 그녀는 실로 험난한 경로를 거쳐 이곳까지 왔을 것이다. 자신의 로드가 벌인 사악한 짓을 묵과할 수 없다는 이유로.

라우벤과 로니안은 서로를 향해 고개를 끄덕이고는 즉시 카렌을 따라나섰다.

콰아아아앙!

순간 결계가 산산조각이 났고 주변 공간이 세차게 흔들렸다. 카렌이 비틀거리며 손을 슥 흔들자 그녀의 손에서 일어난 붉은빛이 라우벤과 로니안을 휘감았다.

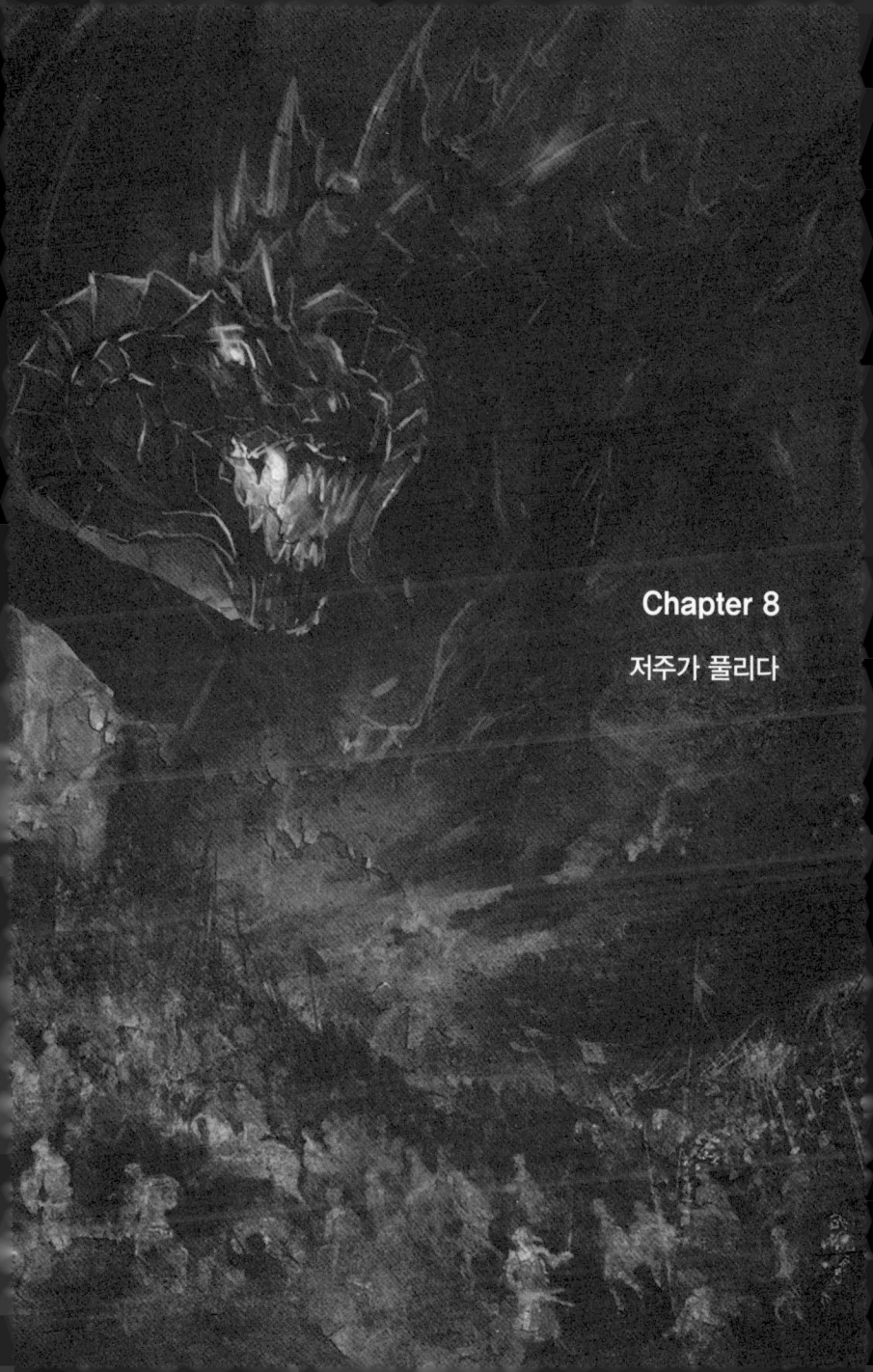

Chapter 8

저주가 풀리다

눈부신 붉은빛이 사라짐과 동시에 라우벤의 시야에 들어온 곳은 울창한 숲의 정경이었다. 그리고 널따란 바위 위에 눈을 감은 채 정좌해 있는 백발 소녀의 모습도 보였다.

카렌이 백발 소녀를 향해 다가가 공손히 말했다.

"저들입니다, 헬레나 님."

그러자 백발 소녀가 눈을 떴다. 그녀는 고개를 돌려 라우벤과 로니안을 쳐다보더니 부드럽게 미소 지었다.

"놀라지 말아요. 저는 카렌 님의 부탁으로 당신들을 돕기 위해 찾아온 헬레나입니다."

곧바로 카렌이 말을 이었다.

"이 분은 이데스 대륙의 성녀이신 헬레나 님이시다. 너희들의 사정을 듣고 딱히 여겨 이곳 아디란 대륙까지 나와 함께 오셨고, 이제 너희들의 저주를 풀어줄 것이다."

성녀 헬레나라니!

라우벤과 로니안은 깜짝 놀랐다. 르티아가 말했던 이데스 대륙의 위대한 성녀! 그러나 그들은 그녀의 근처도 가보지 못하고 르티아에 의해 더욱 끔찍한 저주를 받은 후 이곳 알 수 없는 대륙의 오지에 감금되고 말았다.

그런데 성녀 헬레나가 직접 찾아올 줄이야.

그때 헬레나의 두 눈이 빛났다.

"이제 아주 큰 고통이 엄습할 거예요. 그러나 그 고통이 사라지면 당신들은 자유롭게 될 것입니다."

그녀의 눈에서 번쩍이는 신비한 광채에 라우벤과 로니안의 몸이 덜덜 떨렸다.

"크윽!"

"으으!"

전신이 찢어질 듯한 고통이 엄습해 왔다. 이제껏 저주로 인해 끔찍한 고통을 넌더리 나게 겪었지만, 지금 엄습하는 고통은 그와 비할 수 없이 강렬했다.

"크아악!"

"으아아악!"

비명을 지르며 나뒹구는 라우벤과 로니안을 향해 다가오는 백발 소녀의 눈빛은 비탄으로 가라앉아 있었다.

'아아, 그가 어찌 이런 끔찍한 짓을!'

사악한 마왕이나 할 만한 짓을 인간들에게 했단 말인가. 모두가 칭송하는 위대한 용자인 그가 벌인 일이라고는 상상도 하기 힘들었다.

화아아악!

그녀의 손이 한데 모여 신비한 빛을 내뿜었다. 그것이 찬란한 빛무리를 이루어 라우벤과 로니안의 몸을 휘감는 순간, 그들은 그대로 의식을 잃었다.

확! 화아악!

곧바로 신령한 빛무리가 마치 더러운 빨래를 짜듯 그들의 몸을 비틀며 시커먼 액체를 바닥으로 흘려내기 시작했다.

그와 동시에 흉측한 마물의 모습이었던 그들이 본래로 돌아왔다. 오크 라우벤은 붉은 머리의 멋들어진 청년으로, 라따 로니안은 금발의 예쁜 소녀로.

츠츠츠츠.

그러나 그들은 아직 실신해 있었다. 잠시 후 깨어나 자신들의 저주가 풀려난 것을 보면 깜짝 놀라게 될 것이다.

"카렌, 당신의 말이 맞았군요. 그는 용자로서 절대 해서는 안 될 사악한 짓을 했어요. 그가 언제부턴가 내 앞에 나타나기를 꺼린 이유를 알겠어요. 그는 내가 혹시라도 그의 내면을 읽을까 봐 두려웠던 것이죠."

헬레나가 카렌을 바라보며 탄식했다. 카렌은 씁쓸한 미소를 지으며 고개를 끄덕였다.

"저의 부탁을 들어주셔서 감사합니다, 헬레나 님."

"카렌, 이제 당신은 그에게 돌아갈 생각인가요?"

"가디언이 로드의 곁으로 가는 것은 당연한 일입니다. 더욱이 그의 뜻을 거스르는 짓까지 했으니 죽어 마땅하겠죠. 그는 절대 날 용서하지 않을 거예요."

입술을 꽉 깨문 카렌의 눈빛은 비장해 보였다. 헬레나는 카렌이 르티아에게 돌아가 죽음을 맞이하려 한다는 사실을 알았다.

푹!

그런데 그때 헬레나의 몸이 돌연 번개라도 맞은 듯 움찔 떨렸다. 그녀는 고개를 숙여 자신의 가슴 사이로 삐져나온 시퍼런 검의 날을 발견했다.

주룩!

검 날 아래로 붉은 피가 흘러내렸다. 헬레나는 핏기가 가신

창백한 안색으로 카렌을 쳐다보며 힘겹게 미소 지었다.

"저의 삶은 여기까지인 듯하군요. 그러나 카렌, 당신은 달라요. 그는 더 이상 당신의 로드라 할 수 없어요. 부디 새로운 운명을 찾아가도록 해요……."

그 말을 끝으로 헬레나의 목이 꺾였고 그녀의 몸은 축 늘어졌다.

"헤…… 헬레나 님!"

카렌이 절규하며 외쳤다. 그녀는 설마 놈들이 이데스 대륙의 성녀 헬레나까지 죽일 줄은 상상도 못 했다. 그녀가 멀쩡한 상태였다면 헬레나의 죽음을 막을 수 있었겠지만, 지금의 그녀는 몸도 가누기 힘들 만큼 엉망인 상태였다.

스스스.

그때 그녀의 시야에 나타난 무뚝뚝한 표정의 사내들. 그중 하나의 검이 조금 전 헬레나를 찔러 죽였던 것이다. 카렌은 그들을 노려보며 인상을 일그러뜨렸다.

"너희들, 아무리 그래도 어찌 성녀 헬레나 님을 죽일 수 있느냐?"

"로드의 뜻을 거스르는 짓을 한 이상 죽어 마땅하다. 성녀라도 예외가 될 수 없지."

"닥쳐! 나만 죽여도 충분하잖아. 그분은 그저 나의 부탁을 받아 이곳까지 왔을 뿐이야."

카렌은 그들을 아주 잘 알고 있었다. 그들 또한 용자 르티아의 가디언들이기 때문이다. 오랜 세월, 같은 로드를 섬기는 동료로서 지내온 그들을 어찌 모를 수 있겠는가.

사내들의 입가에 차가운 미소가 맺혔다.

"어리석군 카렌, 지금 상황에 네가 무슨 말을 한다 한들 그 것이 무슨 소용이냐? 로드께서 너와 성녀를 죽이라는 추살령을 내리셨으니 순순히 죽음을 맞이해라."

"헬레나 님께도 추살령을 내렸다고?"

"그렇다. 이제 네 차례다. 넌 죽음을 피할 수 없다."

카렌의 몸이 떨렸다. 이데스 대륙으로 돌아가서 그의 손에 죽음을 맞이하려고 했는데, 이미 추살령을 내렸다니 그녀로서는 굳이 돌아갈 필요가 없을 것이다.

'로드! 당신의 뜻이 그렇다면 따르겠어요. 당신과 끝까지 함께하고 싶었는데 안타깝군요. 저는 죽지만 당신은 부디 예전의 정의롭던 모습으로 돌아갔으면 하는 바람입니다.'

카렌은 이를 악물었다. 비틀거리는 몸으로 걸어가 꼿꼿이 섰다. 그러고는 눈을 감았다.

서컥!

순간 뭔가 잘리는 소리가 났다. 카렌은 자신의 몸이 잘리는 소리라 생각했다. 그런데 이상하게도 아무런 고통도 느껴지지 않았고, 정신도 멀쩡했다.

눈을 떠보니 자신을 향해 검을 휘두르려던 로아탄이 반쪽이 되었고 그대로 먼지가 되어 흩어지고 있었다.

이게 어찌 된 일일까?

그 사실을 아는 것은 어렵지 않았다. 붉은 머리의 청년이 눈부신 푸른빛의 대검을 양손에 쥔 채 그녀를 등지고 서 있었다.

그리고 연이어 푸른빛의 검이 춤을 추었는데, 눈 깜짝할 사이에 나머지 두 로아탄의 몸이 토막 나 먼지로 흩어져버렸다.

'저럴 수가!'

카렌은 깜짝 놀랐다. 그녀는 저 붉은 머리 청년이 누군지 너무나 잘 안다. 조금 전 헬레나에 의해 저주에서 풀려난 인간, 라우벤인 것이다.

그가 인간 중에서는 제법 뛰어난 실력을 가지고 있음을 알고 있었지만, 설마 로아탄 가디언들을 그토록 간단하게 해치울 정도일 줄은 상상도 못 했다.

'아무리 마왕의 날개로 만든 대검을 들고 있다지만 정말 놀라운 실력이군.'

물론 카렌 그녀의 몸이 정상이었다면 라우벤을 이기는 건 어려운 일이 아니었다. 그녀는 이데스 대륙의 용자 르티아의 가디언 중 최강의 실력을 지녔고, 웬만한 용자나 마왕들도 가소롭게 생각할 만큼 강했다.

그런 그녀가 라우벤의 실력을 인정했다. 그녀는 라우벤이 웬만한 용자나 마왕에 버금가는 실력을 가졌음을 확신했다.

"대단하군. 인간이 그 정도의 능력을 가지기란 쉬운 일이 아닌데 말이야."

카렌은 경탄의 눈빛으로 라우벤을 쳐다보다 그대로 정신을 잃고 쓰러졌다. 그녀가 버틸 수 있는 한계는 거기까지였다.

"카렌! 정신 차리시오. 안 되겠군. 일단 이곳을 피하는 게 좋겠구나, 로니안."

라우벤은 카렌을 한쪽 어깨에 걸쳐 맨 후 로니안을 쳐다봤다. 그 사이 로니안도 기절에서 깨어난 후 상황을 지켜보고 있었다.

"그 전에 잠깐만요."

로니안은 쓰러져 있는 성녀 헬레나의 시신을 서글픈 눈빛으로 바라보며 뭐라고 주문을 외웠다. 순간 주변의 땅들이 살아 있는 듯 요동치더니 헬레나의 시신을 빨아들였다.

곧바로 그곳엔 작은 무덤을 형성했고, 동시에 비석이 솟아났다.

이데스 대륙의 위대한 성녀 헬레나 이곳에 잠들
다. 사악한 마왕의 저주를 풀어 준 당신의 도움
과 희생을 영원히 잊지 않을 것입니다.

— 라우벤, 로니안

비문에 글이 새겨졌다. 클라우드 대륙의 문자라 이곳 아디
란 대륙의 사람들은 알아보지 못하겠지만 상관없었다.

"됐어요, 할아버지. 이제 가요."

"제법이구나. 그런 마법을 다 펼치다니 말이야."

라우벤은 손녀 로니안이 가벼운 주문 하나로 이같이 무덤
과 비문을 만들 줄은 상상도 못 했다. 그러나 그가 고통을 통
해 무공의 진척이 있었듯이, 로니안 또한 놀고만 있지 않았다.

그녀의 정신력은 매우 강해졌고, 그 사이 그녀가 배웠던 마
법 지식들을 통해 마법의 각성을 하는 시간이 되었던 것이다.

곧바로 그들은 어디론가 사라졌다.

그렇게 잠시가 지났을까?

성녀 헬레나의 무덤과 비석만 남아 있는 이곳에 두 명의 여
인이 나타났다.

스스스.

백색의 화려한 갑옷을 입은 푸른 머리의 엘프. 다름 아닌

아디란 대륙의 용자인 플로라였다. 그리고 그녀의 옆에는 가디언 베아티가 서 있었다.

플로라는 무덤을 잠시 살피더니 탄식했다. 비문은 아디란 대륙의 문자가 아닌 낯선 문자로 적혀 있었지만 그녀는 해독 마법을 통해 그 뜻을 어렵지 않게 알아냈다.

"이데스 대륙의 성녀이신 헬레나 님이 이렇게 돌아가시다니 정말 허망하구나……."

그러자 뒤에 있던 베아티가 대답했다.

"로드! 이데스 대륙에서 보내온 서신에 의하면 그녀는 로아탄 카렌과 함께 르티아 님을 배신했고, 마물들을 탈출시키는 데 협력한 배신자라고 했어요."

"믿을 수 없는 일이야. 그분은 내가 한 번 뵌 적 있었는데 결코 그럴 분이 아니거든."

"저는 그보다 카렌이 르티아 님을 배신한 사실이 믿기지 않아요. 르티아 님 휘하의 최강 가디언이라 불리던 카렌이 대체 무엇 때문에 그런 일을 꾸몄을까요? 그것도 성녀 헬레나 님까지 끌어들여서 말이죠."

플로라는 씁쓸한 표정을 지었다.

"르티아 님에 대해 이해가 안 되는 일이 한두 가지가 아니야. 이십만 명의 군단을 만들어 이데스 대륙에 보내라는 것도 그렇고, 굳이 헬레나 님에게까지 추살령을 내렸다는 것도 이 상해."

베아티도 침울한 표정으로 고개를 끄덕였다.

"확실히 요즘 들어 르티아 님은 뭔가 달라졌어요. 하지만 그분의 뜻을 거역하는 건 아디란 대륙에 큰 위기를 초래할 수도 있어요. 그러니 내키지 않더라도 일단 따르는 게 현명하지 않을까요?"

플로라는 고개를 흔들었다.

"그건 안 돼! 난 정확한 이유도 모른 채 그런 일을 하고 싶진 않아. 르티아 님이 왜 그런 부탁을 했는지 이유를 알아내야겠어. 그 전에 땅의 기억을 통해 이곳에서 무슨 일이 벌어졌는지부터 살펴보는 게 우선이겠지."

곧바로 플로라는 뭐라고 주문을 외웠다. 그러자 조금 전 벌어졌던 일들이 환상처럼 나타났다.

카렌이 흉측한 두 마물들을 데리고 이곳에 왔던 일, 성녀 헬레나가 두 마물의 저주를 풀어주고 인간으로 돌려놓은 일, 그 이후에 르티아의 가디언들이 나타나 헬레나를 죽인 일까지 생생히 볼 수 있었다.

그 장면들을 본 플로라와 베아티는 경악을 금치 못했다. 베아티가 안색을 굳히며 말했다.

"그럼 그들은 본래 마물이 아닌 인간들이었군요. 그들을 그대로 방치했을 뿐 아니라 이곳에 가둬두었다니. 그건 마왕 못지않은 파렴치한 짓이에요."

"르티아 님이 왜 그런 일을 했을까?"

플로라는 혼란스러워하는 표정을 지었다. 그러나 그녀는 이내 입술을 깨물고 말했다.

"일단 카렌을 만나 봐야겠어. 또한 저주에서 풀려난 라우벤과 로니안이라는 인간들도."

"예, 로드."

베아티르는 고개를 끄덕였다. 그녀는 즉시 라우벤과 로니안 등이 남긴 마나의 파동을 추적했다. 그러던 그녀는 인상을 찌푸렸다.

"놀랍군요. 흔적을 감쪽같이 지웠어요. 마치 아디란 대륙에서 떠난 것처럼 그들의 흔적이 전혀 느껴지지 않아요."

"그 라우벤이라는 인간의 능력이 그만큼 대단하다는 증거겠지."

"하긴 그렇지 않았다면 르티아 님의 가디언들을 그토록 가볍게 쓰러뜨리진 못했겠죠."

"하지만 그들은 아디란 대륙을 떠나진 못해. 외부로 통하는 모든 통로를 그의 가디언들이 지키고 있으니까."

"그래도 이런 식으로 철저히 흔적을 지워 버린 상태라면 그들이 아무리 아디란 대륙에 있더라도 찾아내기란 거의 불가능해요. 바다에 빠진 보석을 찾는 격이죠. 그들이 스스로 존재를 드러낸다면 모를까."

"베아티! 수단과 방법을 가리지 말고 우리가 먼저 찾아야 해. 아니면 결국 르티아의 가디언들이 찾아내고 말 거야."

"이대로라면 방법이 없어요."

그러던 베아티가 돌연 눈을 빛내며 말했다.

"그럼 인간들에게 도움을 요청하는 게 어떨까요?"

"그래. 가능한 그들 앞에 우리의 존재를 드러내려 하지 않았지만, 지금은 어쩔 수 없겠지."

아주 단순한 방법이지만 의외로 그것이 확실할 수 있었다. 그들이 아무리 철저히 숨어 있다 해도 아디란 대륙에 있는 모든 인간이나 이종족들의 눈을 피할 수는 없는 일이니까.

"서둘러야겠어. 우리가 생각한 방법이라면 그의 가디언들도 생각할 수 있을 거야."

플로라가 고개를 끄덕이는 순간 베아티의 몸이 환영처럼 사라졌다. 플로라는 다른 가디언들에게도 명령을 내렸고 곧바로 그들은 아디란 대륙에 존재하는 모든 국가의 수장들에게 용자의 존재를 알리고 협조를 요청하느라 바쁘게 움직였다.

그 사이 플로라는 문득 샤크가 떠올라 그의 마궁으로 가는 포탈이 있던 위치로 향했다. 그러던 그녀는 왠지 어처구니가 없었다.

'내가 이 상황에 그를 만나서 뭘 어쩌려고 하는 거지?'

아무리 그가 특이한 마왕이긴 하지만 그래도 그는 마왕이다. 마왕에게 용자 르티아의 행동이 이상하니 도와 달라고 하는 건 정말 말도 안 되는 일인 것이다.

그런 마음과 달리 그녀는 어느새 포탈이 있던 곳에 도착했다. 그러나 포탈은 흔적조차 보이지 않았다.

'언제든 놀러 오라며 통로를 열어둔다고 하더니, 왜 닫아버린 것일까?'

샤크가 일부러 그의 마궁으로 오는 통로를 닫아버리지 않고서야 포탈이 사라질 리 없었다. 아니면 그가 정말로 죽었을 경우였다. 그때는 마궁이 사라지며 포탈 또한 흩어져버릴 테니까.

'그는 죽지 않았어. 뭔가 이유가 있어 통로를 닫아둔 거야.'

그것은 플로라의 예감이자 확신이었다. 그가 머지않아 다시 통로를 열리라는 것도 말이다.

'종종 이곳에 와서 확인해 보는 수밖에 없겠구나.'

플로라는 어디론가 사라졌다.

*   *   *

한편 그때 샤크는 마궁의 루트 오브 다크니스에서 새로운 분신을 만들기 위한 작업에 돌입했다. 기존의 분신이 용자들과의 전투에서 소멸했기 때문이다.

물론 그때의 분신 능력으로도 얼마든지 용자들을 이길 수 있었지만, 그는 일부러 죽음을 선택했다. 용자들의 사기를 올려 주기 위함이었다.

그리고 내친김에 기존의 분신보다 좀 더 강력한 분신을 만들어보기로 했다.

그러나 분신이 강해질수록 그만큼 소모되는 마기가 많아지는데, 현재 마궁에서 흡수하는 마기가 미약하다는 것이 문제였다.

'지금 나의 본신과 비슷한 수준의 본신을 만드는 건 현재의 루트 오브 다크니스에 쌓이는 마기로 볼 때 거의 불가능한 일이다.'

그 사이 그의 본신은 각성을 통해 또 강해졌다. 루트 오브 다크니스에 처박혀 오직 수련에만 몰두하니 당연한 일이었다.

따라서 샤크는 본신에 육박하는 분신을 만들겠다는 생각 자체를 버렸다.

'그래도 기왕 새로 만드는 분신이니 가능하면 강력하게 만들어야 또다시 분신을 만드는 귀찮은 일이 사라지겠지.'

샤크는 유사시 일루전 족이 한둘 나타난다 해도 충분히 상대할 수 있을 만큼 강력한 분신을 만들어볼 생각이었다.

그 또한 본신이 가진 힘에 비하면 빙산의 일각에 불과할 정도지만, 그래도 그것이 완성이 되려면 40디에스, 인간들의 시간으로 대략 1년이 넘는 시간이 필요했다.

'짧은 시간은 아니로군.'

그래도 나중에 다시 또 분신을 만들려면 매우 번거로우니, 이번에 제대로 만들어 두는 것이 좋을 것이다.

그리고 예전과 달리 지금은 그 기간 동안 강적이 나타난다 해도 얼마든지 퇴치할 수 있었다. 본신이 건재하기 때문이다.

다만 그럴 경우 마기가 소모되어 분신을 만드는 기간이 조금 더 길어지는 문제는 있지만, 그건 그리 부담되는 일은 아니었다.

'분신으로 인해 소모되는 루트 오브 다크니스의 마기를 보충하기 위해서라도 마궁을 최대한 확장시켜야겠군.'

곧바로 샤크는 권속 마족들에게 마궁을 공격적으로 확장하라는 명령을 내렸다. 덕분에 지하 감옥에 갇혀 있던 팔라니아와 르부스가 풀려났다.

―팔라니아, 르부스! 본래 5만 디에스 정도는 가둬둘 생각이었지만 이번에 특별히 너희들의 잘못을 만회할 기회를 주려 한다. 그동안 반성은 충분히 했느냐?

순간 팔라니아와 르부스의 몸이 세차게 떨렸다.

5만 디에스(대략 1370년)라니!

세상에! 그런 아득한 세월 동안 가둬 놓은 생각이었단 말인가?

다행히 지금 샤크의 생각이 바뀌었고, 그 대신 뭔가 중요한 임무를 주려 한다는 것을 그들이 어찌 모르겠는가. 그들은 즉시 오체투지하며 외쳤다.

"로드! 용서해 주신다면 뭐든 하겠어요."

"크흑! 종일 반성만 하고 살았습니다. 기회를 주시면 몸이 부서져라 명을 받들겠습니다."

그러자 샤크는 흡족해하며 뜻을 전했다.

―수단과 방법을 가리지 말고 마궁을 확장해라. 너희의 능력이 닿는 한 모든 마물 숲을 흡수해라. 특히 팔라니아! 네가 선봉에 나서서 움직여야 할 것이다.

"예, 로드!"

"마궁 확장이라! 그건 정말 바라던 바였습니다."

마궁을 무한대로 확장하라는 샤크의 명령은 팔라니아 등에게 매우 신나는 일이 아닐 수 없었다.

곧바로 샤크의 세 권속 마족들인 팔라니아, 르부스, 페브리스 등은 각자가 가진 전력을 다해 마궁을 확장하기 시작했다.

인근의 만만한 마물 숲은 진작 흡수된 터였기에, 꽤 먼 거리까지 원정을 나가야 하는 상황이었다.

그런 마물 숲 중에는 제법 규모가 거대한 것들도 있어, 본래라면 최상급 마족 정도가 도사리고 있을 법도 했다.

그러나 얼마 전 샤크에게 마왕 루단스라드카프단투라스가 처참하게 죽임을 당했다는 소문이 벌써 이곳까지 퍼졌는지, 마물들만 우글거릴 뿐 마족들은 하나도 보이지 않았다.

그로 인해 팔라니아 등은 매우 수월하게 마물 숲들을 마궁의 영역으로 흡수해나갈 수 있었다.

＊　　　＊　　　＊

아디란 대륙이 들썩였다. 제국의 황제는 물론 군소 왕국의 왕들이 누군가의 존재를 찾느라 분주히 움직였다.

그들에게는 마치 신과 같은 가공할 능력을 지닌 놀라운 존재들이 마치 환상처럼 나타나 대륙을 수호하는 용자의 존재를 증명했고, 용자가 그들에게 협조를 요청한다는 사실을 설명했기 때문이다.

처음에는 불신하던 황제와 왕들이었지만, 수만 혹은 수십만의 군대가 지키고 있는 황궁과 왕궁을 안방 드나들 듯하는 로아탄 가디언들의 능력 앞에서 굴복하지 않을 수 없었다.

그들은 언제든 황제나 왕들의 목숨을 취할 수 있음을 보여주었다. 다행히 그들은 황제나 각 왕들의 측근들도 알지 못하도록 은밀히 자신들의 존재를 드러냈기에, 황제나 왕들을 제외한 누구도 그 사실을 눈치채지 못했다.

그래도 사실상 대륙은 용자와 가디언들에 의해 완벽히 장악된 상태였다. 각 국가의 수장들이 용자의 지시를 따르게 되었으니까.

곧바로 황제와 왕들은 신하들에게 한 남자와 두 여자를 찾으라는 명령을 내렸다. 그들의 인상착의가 그려진 그림이 대륙 곳곳에 뿌려졌고, 그들의 위치를 발견해 보고한 사람들에게는 큰 상금을 준다는 포고령도 내렸다.

국가에 따라 상금의 규모는 다르지만 제국의 경우 무려 3만골드의 상금에 백작의 작위까지 수여한다고 할 만큼 파격적인 보상이 걸렸다.

돈도 돈이지만 제국의 백작이라니!

설령 노예라 할지라도 노예의 신분을 없애주는 것은 물론 백작의 작위를 수여한다고 했다.

남녀불문! 신분이나 국적 불문! 그저 찾아내기만 하면 무조건 보상을 준다. 심지어 죽을죄를 짓고 도주한 수배자라 할지라도 모든 벌을 면제해 주며 3만 골드와 백작의 작위를 수여한다는 포고령이 내려졌다.

그러다 보니 대륙 곳곳의 용병들이나 모험가는 물론이요 웬만한 귀족들조차 세 명의 사람을 찾고자 혈안이 되었다.

누구든 자신의 운명을 바꾸려면 도전하라!

그들만 찾으면 엄청난 부와 막강한 권력을 얻게 되니까.

그러나 그러한 포고령이 내린 이후, 무려 1년의 시간이 흘렀지만 아무도 그들을 찾아내지 못했다.

그 사이 제국에서 내건 상금은 20만 골드로 올랐고, 작위의 보상도 백작에서 공작으로 상향되었다. 사람들은 그 경악할 만한 보상에 경악하며 두 눈이 혈안이 되었지만 여전히 그 세 사람의 행적은 묘연할 뿐이었다.

Chapter 9

벌레로 만들어 죽이다

'큿, 쓸데없는 짓을 하는군.'

한 마을의 광장 게시판에 붙어 있는 현상 수배 두루마리를 보며 입가에 비릿한 조소를 띄우는 한 꼽추 노인이 있었다. 물론 그는 라우벤이었다.

'내 모습을 아주 그럴듯하게 잘 그렸다만 내가 바보가 아닌 이상 저 모습 그대로 다니겠느냐?'

라우벤은 지난 1년여 동안 꼽추 노인 라우 행세를 하며 지내 왔다. 그의 손녀 로니안은 더벅머리를 가진 소년의 모습으로 지냈다. 카렌 또한 라우벤의 설득에 의해 푸른 머리를 가진 절름발이 장발 사내의 모습으로 변신했다.

그들은 각각 따로 이곳 마을에 들어왔고 모두 다른 집에서 거하며 근처의 숲에서 나는 약초와 나물 등을 캐다 파는 일을 하며 살았기에, 누구도 그들이 엄청난 보상금이 걸려 있는 이들임을 상상도 못 했다.

특히 몸의 상태를 회복한 로아탄 카렌이 특별한 통역 마법을 펼쳐 준 덕분에, 라우벤 등은 마을 사람들과 대화를 하는 데 불편함이 없었다.

그렇게 1년이 지난 지금은 통역 마법에 의존하지 않고도 마을 사람들과 대화를 하는 데 별 지장이 없을 정도가 되었다.

오늘도 라우벤은 약초를 캐러 꾸부정한 모습으로 지팡이를 짚으며 마을 밖으로 나섰다. 그때 누군가 그를 보며 반갑게 인사했다.

"안녕하세요, 라우 할아버지."

"오! 피터! 어디를 가는 게냐?"

"오늘은 토벌대 임무도 없어서 혼자 숲에 약초를 캐러 가는 중이에요."

"허허! 그래? 나도 약초를 캐러 가는 데 잘됐구나."

깡마른 체격을 가진 소년 피터는 이곳 마을에서 아주 유명 인사였다. 대략 1년여 전에 마을을 둘러싼 숲에 나타난 블러디 오우거를 해치웠다고 했기 때문이다.

그런데 그가 단순히 그것 때문에 유명한 것은 아니었다. 당시 해치웠던 오우거를 판매한 대금 5백 골드를 조원들과 똑같이 나눠 가졌던 것 때문이었다.

그렇게 5백 골드를 가질 수 있었던 그가 50골드만 가진 후 450골드를 동료들에게 나눠줬던 일은 많은 사람들의 화젯거리가 되었다.

또한 그 후 다른 조원들은 대부분 토벌대원 일을 관두고 마을을 떠났지만, 피터는 여전히 남아서 본래 살던 집에서 매우 검소하게 살고 있었다.

또한 그가 가진 50골드마저도 가난하고 힘든 사람들을 위해 사용했다. 특히 마을에 부랑민이 들어오기라도 하면 피터가 비용을 지불해 그들의 숙소와 음식을 준비해 주기도 했다. 그들이 자리를 잡을 때까지 말이다.

라우벤 등도 처음 스페스 마을에 왔을 때 피터의 신세를 한 달 정도 진 터였다. 남들은 마주치기도 꺼려하는 꼽추 노인 라우벤에게 피터는 자발적으로 찾아와 음식을 만들어 주거나 청소를 해 주기도 했다.

이토록 마음이 따뜻한 녀석은 클라우드 대륙에서도 본 적 없던 터였다. 그러나 라우벤이 피터에 대해 관심을 갖게 된 것은 그러한 친절함 때문이 아니었다. 피터가 사실상 상당한 경지의 검술 실력을 지니고 있다는 것을 간파했기 때문이었다.

그리고 피터가 종종 숲 깊은 곳으로 들어가 꾸준히 검술 수련을 하는 것도 알아냈다. 언뜻 봐도 상당한 실력을 지닌 검술의 고수였다.

물론 이미 클라우드 대륙에 있을 때 소드 마스터는 물론이요 그랜드 마스터의 경지도 뛰어넘었을 뿐 아니라, 최근에는 그보다 더 높은 경지에 이르게 된 라우벤이 볼 때는 가소로운 실력이긴 했다. 하지만 그렇다 해도, 이런 외진 숲의 마을에 있는 평범해 보이는 소년이 그런 뛰어난 검술을 가지고 있는 것은 놀라운 일이었다.

피터는 그저 운 좋게 블러디 오우거를 처치했다고 말했지만, 그것은 그의 실력이었던 것이다.

무엇보다 피터가 가진 검술의 자질은 경악할 만할 정도였다. 지난 1년 동안 라우벤은 종종 피터가 수련하는 모습을 지켜봤는데, 피터는 정말 열심이었다. 1년 사이 2배는 강해질 정도로.

'허허! 이 녀석을 보면 꼭 예전의 나를 보는 것 같단 말이야.'

라우벤은 피터가 언젠가 소드 마스터는 물론이요 그랜드 마스터의 경지에 이르는 건 당연하리라 생각했다.

쫓기며 몸을 숨겨야 하는 신세만 아니라면 피터를 가르쳐보고 싶은 마음이 들 정도였다. 특히 피터가 펼치는 검술은 라우벤조차도 감탄할 만큼 신묘한 변화를 품고 있었기에, 대체 그런 놀라운 검술을 누구에게 전수받았는지도 묻고 싶었던 것이다.

"저, 라우 할아버지! 저는 여기서 저쪽으로 가 볼게요. 아사 풀잎은 저쪽에 많이 있거든요."

라우벤과 함께 한참 숲길을 걷던 피터는 돌연 머리를 긁적이더니 숲의 한쪽을 가리켰다. 그곳은 지형이 가파르고 위험해 약초꾼들도 잘 가지 않는 곳이었다.

"그래. 조심해라, 피터. 그럼 나는 이쪽으로 가 보마."

라우벤은 피터가 사실 약초를 캐러 가는 것이 아니라 검술 수련을 하러 간다는 사실을 알고 있었지만 모른 척 고개를 끄덕이고는 지팡이를 짚고 걸어갔다.

그런데 피터가 그런 라우벤을 잠시 기이한 눈빛으로 바라보더니 침을 꿀꺽 삼키고는 물었다.

"라우 할아버지!"

"어? 아직 안 갔느냐?"

"예. 사실은 한 가지 여쭙고 싶은 것이 있어요."

"힘! 그래? 뭐든 물어 보거라."

"그럼 사실대로 대답해 주실 수 있나요?"

피터가 갑자기 정색을 하고 쳐다보자 라우벤은 내심 궁금했다. 지금껏 피터가 이런 모습을 보인 것은 처음이었기 때문이었다.

"허허! 무엇 때문에 그런 말을 하는지 모르겠구나. 네 말대로라면 내가 마치 뭔가를 숨기고 있다는 것 아니냐?"

피터는 고개를 끄덕였다.

"제 생각이지만 당신은 저와 비교할 수 없이 뛰어난 검술을 지녔을 거예요."

라우벤은 속으로 뜨끔했다.

"흠, 검술이라니. 대체 이 꼽추 노인이 무슨 검술을 알고 있다는 건지 모르겠구나."

"얼마 전까지는 그것이 그저 막연한 느낌이었지만 오늘은 확신으로 다가왔어요. 항상 당신이 옆에 있을 때는 알게 모르게 긴장이 되었는데, 그것이 바로 그 이유 때문이라는 사실을 말이죠."

라우벤을 바라보는 피터의 눈빛이 이글이글 타오르는 듯했다. 그것은 어떤 적개심이라기보다는 자신보다 강한 자를 만났을 때 가지는 일종의 투지 같은 것이었다.

"흐음."

라우벤은 속으로 무척 놀랐다. 동시에 탄식했다.

'허어! 철저히 나의 존재를 숨기려 했는데 저 어린 녀석에게도 감추지 못하다니. 나는 아직 로드의 발꿈치도 따라가지 못하는구나.'

라우벤은 로드 샤크가 얼마나 철저히 자신의 실력을 감추는지 잘 알고 있다. 그것은 단순히 마나만 드러내지 않는다고 되는 것이 아니라, 몸의 기세까지 완벽하게 감춰야 가능한 일이다. 라우벤은 자신 역시 이제 그것을 충분히 해내고 있다고 생각했던 것이다.

그러나 그것이 얼마나 큰 착각이었는지를 피터를 통해 알게 되었다. 라우벤은 허탈한 눈빛으로 피터를 쳐다봤다.

"그동안 너를 지켜본바 매우 쓸 만한 녀석이라고 생각했다. 그런데 이젠 쓸 만한 녀석이 아니라 대단한 녀석이라고 여길 생각이다. 나의 실력을 눈치챌 정도라니 말이야."

"역시 저의 추측이 맞았군요."

피터가 미소 지었다. 그러나 라우벤의 두 눈에서 섬뜩한 빛이 번쩍였다.

"그러나 애석하지만 너는 알지 말아야 할 것을 알았다."

피터가 움찔하며 한 발 물러났다.

"설마 그 이유로 저를 죽일 생각인가요?"

"내가 못 죽일 것 같으냐?"

그러자 피터가 한숨을 푹 내쉬더니 돌연 하하 웃었다. 라우벤의 두 눈이 가늘어졌다.

"왜 웃는 것이지? 나의 말이 우습게 느껴지는 것이냐?"

피터는 고개를 흔들었다. 그러고는 두 눈에 힘을 주고 라우벤을 쏘아봤다.

"전혀요. 당신이 마음먹으면 저와 같은 수준의 검사 수십 명이 있어도 모두 죽일 수 있겠죠."

"잘 알고 있구나."

"하지만 당신은 절대 저를 죽일 수 없어요."

"왜 그런 말도 안 되는 소리를 하는 것이냐? 나는 지금이라도 이 지팡이를 휘둘러 너의 머리를 박살 내 버릴 수 있단다."

"당신의 눈빛이 그것을 증명해요."

"나의 눈빛?"

"협의에 어긋나는 일은 하지 않을 눈빛이죠."

순간 라우벤은 귀를 의심했다. 협의? 협의라고? 이 말을 여기서 들어볼 줄이야.

"너 지금 협의라 했느냐?"

그러자 피터는 씩 미소 지으며 고개를 끄덕였다.

"협의란 힘없고 약한 자들의 편에 서서 그들을 도와주고, 힘이 좀 세다고 이유 없이 약한 자들을 핍박하고 착취하는 녀석들은 반대로 혼내 주는 것이죠. 당신은 평범한 노인처럼 보이려고 하지만 저의 눈에는 당신의 눈빛에서 그러한 협의가 가득 차있는 것이 보여요."

순간 라우벤의 두 눈에서 번갯불 같은 안광이 번쩍였다. 그 안광과 마주친 순간 피터는 전신이 얼어붙는 듯 꼼짝을 할 수 없었다.

"그렇게 봐 준다니 고맙구나. 그러나 그보다 나는 네게 질문을 하나 하겠다. 그 협의라는 말! 대체 누가 알려 준 것이냐?"

그러자 피터는 머리를 긁적이며 대답했다.

"꿈속의 노인이 알려 줬어요."

"꿈속이라고?"

"예. 갑자기 낮잠을 자다 꾼 꿈에서 한 은발 노인을 만났는데, 그분이 제게 협의를 펼치며 살라고 하셨지요. 제가 알고 있는 검술도 그분이 가르쳐 주신 것이죠."

보통은 이런 말을 하면 헛소리를 지껄인다고 생각할 것

이다. 특히 꿈에서 만난 노인이 검술을 가르쳐 줬다는 말은 정말로 허무맹랑하게 여겨질 것이 분명했다.

그런데 라우벤은 아니었다. 은발 노인이라는 말을 듣는 순간 은발의 마왕 샤크를 떠올렸다. 그리고 그가 협의를 강조했다는 말을 듣는 순간 그의 가슴은 확신으로 변했다.

'혹시 그분이 로드가 아닐까?'

라우벤은 샤크가 변신을 자유자재로 할 수 있는 능력을 가졌음을 알고 있었다.

'하긴 그분이 피터를 봤으면 검술에 천재적인 재능이 있음을 알아보셨을 터.'

그러면 현실을 꿈처럼 착각하게 만드는 건 일도 아니었다.

'무엇보다 저 피터 녀석의 마음은 놀라울 만큼 깨끗하고 밝다. 로드께서 저 녀석을 봤다면 절대 그냥 지나치실 리가 없어.'

라우벤은 샤크가 피터를 통해 장차 아디란 대륙에 협의가 싹 트기를 바랐을 것이라 생각했다. 물론 그는 그저 씨앗을 심어 줬을 뿐이고, 정말로 그런 일이 벌어지려면 피터가 평생 각고의 노력을 해야 하겠지만 말이다.

'확실한 건 로드께서 이곳 대륙에 오셨다는 것이다.'

어쩌면 이미 다른 대륙으로 떠났을지도 모르지만 적어도 1년여 전에는 이곳에 있었다는 것.

그런데 그때 푸른 머리에 허름한 옷을 입은 사내가 그들의 앞에 나타났다. 렌이라는 이름의 그 사내는 절름발이로 매우 무뚝뚝한 성격을 가지고 있어 좀처럼 남의 일에 참견하지 않았는데, 지금의 그는 평소와 달리 안색이 상기되어 있었다.

라우벤은 그가 누군지 잘 안다. 다름 아닌 로아탄 카렌. 그녀의 능력은 라우벤으로서도 상상할 수 없는 영역에 있었는데, 방금도 마을 안에 있으면서도 방금 전 피터와 라우벤의 대화를 들었던 것이 분명했다.

렌은 피터를 향해 다가와 물었다.

"피터! 네가 꿈을 꾸었던 당시 너의 근처에 특이한 사람은 없었느냐?"

피터는 난데없이 렌이 나타나 질문을 하자 어리둥절했다. 그러다 그는 이 순간 렌으로부터 그로서는 상상도 못했던 강인한 기운이 풍겨 나오는 것을 느끼고는 깜짝 놀랐다.

'이럴 수가! 렌도 매우 뛰어난 능력을 가진 자였구나. 어쩌면 라우 할아버지보다 더 강할지도 모르겠어.'

피터는 라우가 실력을 숨기고 있다는 것을 오늘 확신했지만, 렌조차 그런 자일 줄은 상상도 못 했다.

"왜 대답을 하지 않지? 다시 묻겠다. 당시 너의 주변에 처음 보는 사람은 없었느냐?"

"테사라는 형님이 있었죠. 한 손으로 배틀 엑스를 쥘 만큼 힘이 센 분이었어요. 그런데 그건 왜 묻는 거죠?"

그런데 테사라는 말을 듣자마자 렌 즉, 카렌의 얼굴에 감회가 어렸다.

'샤크 테사우루스! 역시 살아 있었군.'

그녀는 라우벤처럼 단순히 협의라는 말 때문에 은발 노인이 샤크라고 확신하지는 않았다. 이 방대한 환야에서 샤크 말고도 그러한 것을 중요하게 여기는 이가 또 있을 수도 있기 때문이다.

그래도 한편으로 짚이는 바가 없지 않아 또 다른 단서를 발견하고자 했던 것이었다.

샤크 테사우루스.

그녀는 샤크의 성이 테사우루스임을 알고 있었다. 그리고 조금 전 피터가 테사라는 말을 했을 때, 비로소 그 테사가 샤크임을 확신했다. 그가 가명으로 테사라는 이름을 사용했을 것이라고 말이다.

'라우벤이 그 말을 했을 때는 믿지 않았는데 정말 살아 있을 줄은 몰랐구나, 샤크.'

카렌은 샤크가 오르덴의 도시 트라구다의 술집에서 르티아에게 죽임을 당했다고 확신하고 있었던 것이다.

'잘됐어. 솔직히 말하면 네가 죽지 않기를 바라고 있었으니까……'

카렌은 당시 샤크가 죽었다는 사실에 크게 상심했었다. 다만 용자의 가디언으로서 마왕의 죽음을 슬퍼할 수는 없기에 겉으로는 내색을 안 했을 뿐이다.

그러나 지금 샤크가 살아 있다는 사실을 알게 되자 무척 기쁘면서도 한편으로 걱정이 되었다. 그가 혹시라도 르티아에게 복수를 할지도 모른다는 생각 때문이었다.

그녀가 비록 르티아의 뜻을 거슬러 라우벤과 로니안을 구해내긴 했지만, 그렇다 해서 르티아가 죽기를 바라는 것은 아니었다.

아니, 르티아가 위험에 처하게 된다면 그녀는 죽음을 각오하고 그의 편에 서서 샤크와 맞서 싸우게 될지도 모른다.

'아니야. 예전이라면 그랬겠지만.'

카렌은 입술을 깨물었다. 예전이라면 로아탄으로서의 숙명이라 생각하고 그렇게 행동했을지도 모른다. 하지만 지난 1년여 동안 그녀는 평범한 인간 렌으로 살아가면서 많은 생각을 했다.

그녀가 아무리 가디언으로서의 운명을 가진 존재로 태어난 로아탄이지만, 정의를 수호하지 않고 오히려 마왕보다 더 사악한 마음을 가지고 있는 용자를 영원한 로드로 섬길 수는 없다는 것을.

그것은 매우 고통스러운 과정이었다.

로아탄으로서의 그녀를 부정하는 일이었다.

차라리 죽으면 죽었지 그를 배신할 수는 없다는 것이 그녀의 옛 모습이었다면, 이제 그는 그이고, 그녀는 그녀였다.

'르티아! 당신이 환야의 의를 수호하는 용자였을 때 나는 당신의 영원한 방패이자 그림자가 되겠다고 맹세했고, 지금도 그 마음은 변함없다. 하지만, 당신은 변했어. 환야에서 가장 사악한 존재라는 타락한 용자! 바로 그것이 당신의 모습이야.'

카렌의 두 눈이 이글거렸다.

'내가 변한 것이 아니라 당신이 변한 거야. 나는 의를 수호하는 용자의 가디언이지, 타락한 용자의 뜻을 맹종하는 가디언은 아니야.'

로아탄의 존재 의미가 무조건 로드에게 맹종하여 충성하는 가디언이 아니라, 의를 수호하는 존재의 조력자여야 한다는 것!

그렇게 스스로에 대한 정체성을 바로잡자 그녀는 비로소 르티아에 대한 맹종으로부터 조금씩 벗어날 수 있었다. 물론 여전히 그에 대한 미련이 남아 있는 것은 사실이지만, 그래도 상당 부분 미련을 털어 내 버렸다.

다만, 그렇다 해도 르티아에게 검을 겨눌 생각은 없었다. 샤크와 르티아의 전쟁이 벌어진다면 그녀는 누구도 돕지 않고 그냥 중립을 선택할 것이다.

그것이 그녀가 할 수 있는 최선이었다.

'그냥 이대로 인간 렌으로 살아가는 것도 괜찮겠지.'

그러던 그녀는 피터가 자신을 물끄러미 쳐다보고 있음을 보고는 어색하게 웃었다.

"하하, 그렇군. 그냥 궁금했다. 어쨌든 너의 허무맹랑한 얘기를 잘 들었다, 피터."

그 말을 끝으로 그녀는 다시 절뚝거리며 마을 쪽으로 향했다. 라우 역시 본래 가던 길을 향해 열심히 지팡이 질을 했다.

피터는 어깨를 으쓱하며 그들을 쳐다봤다.

'라우 할아버지! 렌 아저씨! 모두 특이한 분들이야. 하긴 내가 나의 실력을 감추고 있듯이 저분들도 다 사정이 있겠지. 가서 검술 수련이나 해야겠다.'

곧바로 피터는 그만의 검술 수련 장소로 달려갔다.

그렇게 라우벤과 카렌 등은 지난 1년여처럼 평범한 일상으로 돌아가는 듯싶었지만, 그 사이 스페스 마을은 평범하지 않은 일에 휘말리고 있었다.

더벅머리 소년 로는 매일 멍한 표정으로 방이나 바위에 앉아 있었다. 물론 로가 단순히 넋 나간 상태로 앉아 있는 것이 아니라 마법을 연구하는 중이라는 사실을 마을 사람들은 짐작도 못 했다.

로는 물론 로니안이었고, 지금은 예전의 말괄량이 소녀가 아닌 어엿한 숙녀가 된 지 오래였지만, 더벅머리 소년으로 변신해 숨어 지내고 있었다.

지난 1년여 동안 그녀의 낙은 마법을 연구하는 것이었는데, 남들이 볼 때 멍하도록 사색에만 잠겨 있다 보니 생각보다 많은 진척이 있었다.

환야에서 가장 끔찍한 저주를 당해봤던 그녀였기에 자연스레 저주와 관련된 마법의 상상들이 수없이 떠올랐고, 1

년이 지난 지금 그녀는 다른 영역은 몰라도 저주에 관한 것
만은 가공할 만한 경지에 이르렀을 정도였다.

그녀의 목표가 있다면 언젠가 반드시 마왕 매릭에게 복
수하는 것이었다. 매릭에게 이모탈 무타티오보다 더 끔찍
한 저주를 선사해 주고 싶다는 것, 그것이 그녀의 당찬 꿈
이자 목표였던 것이다.

그리고 나아가 가능하다면 그 파렴치한 위선자 용자인
르티아에게도 같은 저주를 선사해 주고 싶었다.

'벌레로 만든 후 밟아 죽여 버릴 거야.'

마왕과 타락한 용자를 향한 그녀의 복수심!

그런 엄청난 존재들을 벌레로 만들려면 웬만한 저주로는
엄두도 내지 못할 것이다.

그러나 끔찍한 저주의 고통 속에서 단련된 그녀의 정신
력은 인간의 한계를 초월한 지 오래였고, 그로 인해 그야말
로 상상할 수 없는 저주 마법을 연구 중이었다.

물론 마왕과 용자를 벌레로 만들겠다는 것이 얼마나 허
무맹랑한 목표라는 건지 그녀가 어찌 모르겠는가. 그래도
그녀가 살아생전에 반드시 복수를 하고 싶었기에 밤낮 저
주 마법 연구에 몰두하고 있었다.

오늘도 그녀는 평소처럼 바위에 걸터앉아 멍하니 사색에

잠겨 있었는데, 마을에 갑자기 방문한 불청객들이 그녀의 사색을 깨뜨렸다.

"흐흐! 모조리 털어라. 반항하는 놈들은 죽여도 좋다."

"예, 두목."

반갑지 않은 손님들, 그들은 다름 아닌 산적들이었다. 인간이다 보니 몬스터보다 지능적이며, 그래서 더욱 두려운 존재들!

스페스 마을에는 몬스터 토벌대원들과 외부에서 고용된 용병들도 있기에 웬만한 산적들이 얼씬도 하지 못하지만, 지금 나타난 산적들은 용병 출신들로 하나같이 한가락씩 하는 자들이었다.

그런 산적들이 무려 40여 명이나 되니, 그들을 저지하던 몬스터 토벌대원들이 순식간에 제압당했다. 산적들의 험악한 기세에 용병들은 즉시 투항했고, 간혹 거세게 반항하는 이들은 산적들에 의해 가차 없이 죽임을 당했다.

좌아악!

"아아악!"

촌장이 죽었고, 토벌대를 이끌던 대장도 죽었다. 마을의 광장에 늘어진 시체만 벌써 십여 구가 넘었다. 하필이면 이 마을에서 가장 강하다는 토벌대원 피터가 없는 사이에 벌어진 일이다 보니, 마을은 산적들에게 무력하게 장악되고 말았다.

'저것들이 감히!'

로니안은 화가 머리끝까지 솟았지만, 그 어떤 일이 있어도 절대 능력을 드러내서는 안 된다는 할아버지 라우벤의 당부로 인해 참고 있을 뿐이었다.

하지만 산적들은 갈수록 도가 지나쳤다. 사람을 죽이는 것은 예사였고, 여자들을 겁탈하려고 으슥한 곳으로 끌고 가는 것이 아닌가.

'아아, 더 이상은!'

로니안은 주먹을 불끈 쥐고 일어났다. 무슨 일이 있어도 마법을 펼치지 말아야 하지만, 지난 1년여 동안 알게 모르게 친숙하게 눈에 들어왔던 마을 사람들이 고통을 당하는 모습을 어찌 멀뚱히 지켜만 볼 수 있을까?

하필이면 피터뿐 아니라 할아버지 라우벤과 로아탄 카렌도 어디론가 사라지고 보이지 않았다.

'어쩔 수 없어. 마을을 지킬 사람은 나뿐이야.'

그런데 공교롭게도 그때 산적들이 그녀를 발견하고 외쳤다.

"거기, 더벅머리! 멀뚱히 앉아 있지 말고 냉큼 네가 가진 돈을 모조리 갖고 나와라."

"당장 움직이지 못해! 죽고 싶으냐?"

더벅머리 소년의 모습을 하고 있는 로니안을 향해 다가온 산적들은 그녀의 머리를 마구 후려치며 협박을 가했다. 그러더니 이내 음탕한 눈빛으로 그녀를 쳐다봤다.

"크크! 이 녀석 봐라. 의외로 곱상하게 생겼는데?"

"크흐흐! 그러게. 자세히 보니 꼭 여자 같은 느낌이 드는걸."

"킬킬! 그럼 끌고 가서 여자인지 아닌지 확인해 보자고."

산적들은 로니안을 끌고 집 안으로 들어가려고 했다. 그곳에서 무슨 짓을 하려는지 로니안이 어찌 모르겠는가.

'이 개자식들이!'

울고 싶은데 뺨을 때려 준다는 것이 바로 이런 경우일까? 그 순간 로니안은 이성의 끈이 끊어졌다. 극도로 분노한 그녀는 마왕과 타락한 용자를 겨냥해 만들어 둔 그 금단의 저주마법을 펼치고 말았으니!

'에르러브……!'

살짝 달싹이는 입술. 그녀의 두 눈이 차갑게 번뜩였다.

츠으읏!

곧바로 시커먼 기운이 산적들을 휘감더니 그들의 몸이

급격히 작아지기 시작했다. 그러다 꾸물대는 벌레들로 변해버렸다.

이 기막힌 광경에 멀리 있던 산적들이 경악하는 순간 로니안은 조금 전 벌레로 변한 산적들을 발로 밟아 죽여 버렸다.

"헉! 저놈이 사악한 마법을 펼쳤다."

"모두 저놈을 공격해!"

산적들은 일제히 무기를 빼 들고 달려오려 했지만 그때는 이미 시커먼 기운이 그들의 몸을 휘감은 뒤였다.

츠읏! 츠으으으!

산적들은 비명도 지르지 못했다. 순식간에 벌레로 변해버린 그들은 사방으로 흩어져 달아나기 시작했다.

"훙! 어딜!"

로니안이 주문을 외우는 순간 벌레들의 몸이 자석처럼 바닥에 달라붙어 움직이지 않았다. 로니안은 달려가 그것들을 하나도 남김없이 밟아 죽였다.

와직! 우지직!

이 순간 이 벌레들은 그녀에게 있어 마왕 매릭과 용자 르티아였다. 그래서인지 그녀는 그 어떤 동정도 베풀지 않고 가차 없이 밟아버렸다.

스스스. 스스스스.

그러다 박살 나 죽은 벌레들의 몸집이 커지며 무참히 으깨져 죽은 인간의 시체로 변하기 시작하자, 비로소 로니안은 자신이 무슨 짓을 벌인지 깨달았다.

Chapter 10

대재앙의 시작

'이런! 내가 지금 무슨 짓을 한 거야?'

눈 뜨고 볼 수 없는 40여 구의 시체들! 그것은 그녀뿐만 아니라 마을 사람들도 충격으로 몰아갔다.

"세상에! 로가 저 산적들을 벌레로 만들어 죽였어."

"로가 마법을 알고 있었다니!"

물론 마을 사람들은 로에게 매우 호의적이었다. 그가 마법 실력을 감추고 있었던 것은 어디까지나 그의 사정에 의한 것이다. 그보다 그가 마을을 위해 그 힘을 드러냈고 산적들을 해치워 줬다는 것에 고마워했던 것이다.

그러나 로는 자신이 오늘 벌인 일이 곧 소문이 날 것이고, 그로 인해 그녀와 라우벤, 카렌을 찾는 일당들의 관심이 이쪽으로 향할 것이란 생각에 하루라도 속히 이 마을을 떠나야겠다는 결심을 굳혔다.

"죄송해요, 할아버지. 그리고 카렌 님. 제가 참았어야 했는데……."

그러자 라우벤이 씩 웃었다.

"허허! 내가 있었어도 마찬가지였을 것이다. 그런 놈들을 살려 둔다는 건 말도 안 되는 일 아니더냐?"

라우벤은 손녀 로니안을 오히려 칭찬했고, 카렌은 담담한 반응이었다.

"어차피 그들을 더 이상 피하기란 불가능해. 굳이 네가 한 짓이 아니었더라도 그들은 머지않아 우리가 이곳에 있다는 사실을 알아냈을 테니까."

그 말에 라우벤도 놀랐다.

"그럼 당장 이곳을 떠나는 게 좋겠소, 카렌."

"소용없는 짓. 로니안이 펼친 마법은 평범한 대륙에 어울리지 않는 아주 특별한 것이라 가디언들이 이미 포착했을 거야. 잠시 후면 찾아올 테니 마음의 준비를 해 두는 게 좋을걸."

그녀의 말이 끝나기도 전에 그들이 모여 있는 집의 문을 누군가 두드렸다. 라우벤과 로니안의 안색이 굳어졌다.

"설마 벌써?"

"그래."

카렌은 고개를 끄덕였다. 로니안이 불안한 표정으로 물었다.

"이제 어쩌죠?"

"더 이상 피할 수 없다면 맞서야겠지. 문을 열어 주도록 해."

카렌의 말에 로니안은 조심스레 걸어가 문을 열었다. 그러자 그곳엔 푸른 머리의 아름다운 엘프가 서 있었다. 그녀의 뒤로 네 명의 남녀가 뒤따르고 있었는데, 엘프는 그들을 밖에 대기시키고 그녀 혼자 들어왔다.

"내 이름은 플로라. 짐작하고 있을지 모르지만 아디란 대륙의 용자입니다."

플로라는 라우벤 등을 향해 매우 정중한 태도로 자신을 소개했다.

"용자라고요?"

"지금 용자라 했소?"

"그래요."

로니안과 라우벤의 두 눈이 휘둥그레 커진 반면 카렌은

담담하게 대꾸했다.

"오랜만이군요, 플로라."

"카렌, 당신을 얼마나 찾았는지 몰라요. 그런데 설마 이곳에 있을 줄은 몰랐군요."

플로라는 왠지 감회가 새롭다는 표정으로 말했다. 사실 그녀로서는 무척 뜻밖이었다. 지금 카렌 등이 모여 있는 집은 다름 아닌 그녀와 샤크가 머물렀던 곳이었기 때문이다.

아디란 대륙의 온갖 오지까지 다 뒤져도 찾을 수 없던 이들이 설마 스페스 마을에 있었다니, 어찌 기막히지 않을 수 있겠는가.

카렌이 무뚝뚝한 눈빛으로 그녀를 쳐다봤다.

"플로라! 당신이 무엇 때문에 날 찾았는지 짐작하고 있어요. 르티아 님의 명령대로 날 제거한 후 여기 있는 라우벤과 로니안을 잡아가려는 것이겠죠."

플로라는 고개를 흔들었다.

"르티아 님께 그런 부탁을 받긴 했죠. 하지만 난 아디란 대륙의 용자이지 그의 부하가 아니에요."

그러자 카렌이 뜻밖이라는 듯 두 눈을 크게 떴다. 그녀가 알고 있는 플로라는 본래 르티아의 추종자와 마찬가지였기 때문이다.

"설마 그분의 뜻을 따르지 않을 생각인가요?"

"그분의 뜻을 내가 공감할 수 있다면 협력 차원에서 따를 수 있겠죠. 그래서 당신을 찾은 거예요. 용자 르티아의 가장 충성스러운 가디언이었던 카렌 당신을. 대체 당신은 왜 그를 배신한 것이죠?"

"내가 그걸 말할 것이라 생각하나요?"

카렌은 퉁명스레 대꾸했다. 그녀가 르티아를 배신한 것은 사실이지만, 그렇다고 해서 그와 적이 되고 싶은 생각은 없었다. 그냥 그와 두 번 다시 상종하지 않으려는 것뿐이다.

플로라는 싸늘히 웃었다.

"가디언이었던 당신은 비록 그를 배신했지만, 그와 적이 되고 싶지는 않겠죠. 하지만 그는 이해할 수 없는 행동을 하고 있어요. 용자와 마왕들의 전쟁에 인간과 이 종족들을 희생시키려 하고 있으니까요."

"……."

카렌은 무겁게 고개를 끄덕였다. 그것은 그녀 역시 가장 우려하고 있던 부분이었다. 그리고 바로 그것 때문에 르티아가 타락한 용자가 되었을 것이라 확신했던 것이기도 했다.

플로라가 말을 이었다.

"심지어 그는 그의 가디언들을 시켜 지난 일 년 사이 무려 다섯 차례나 내게 그것을 따르라 명령했죠. 물론 난 따르지 않았고, 그로 인해 대략 한 달 전 마지막 통보를 받았어요. 더 이상 날 아군으로 생각하지 않겠다는 통보 말이죠."

"……."

"또한 그는 내가 당신들을 숨겨두고 있다 생각하는지 정해진 기한까지 당신들을 내놓지 않으면 후회하게 될 것이란 협박도 가했어요."

그 말에 카렌의 안색이 굳어졌다. 그녀는 플로라를 쳐다보며 다급히 물었다.

"그 기한이 언제인가요?"

"이미 지났죠. 나는 정말로 당신들이 어디 있는지 알지 못했을 뿐 아니라 설령 위치를 안다 해도 그것을 알려 줄 생각은 없었어요."

"아."

카렌이 나직이 탄식했다. 그녀는 누구보다 르티아에 대해 잘 알고 있다. 그가 그런 식으로 경고를 했다면 이제 어떤 짓을 저지를지를.

물론 예전의 그라면 절대 그럴 리가 없지만, 지금의 그는 다르다. 용자가 아닌 타락한 용자가 되었으니까.

　"가능한 방비를 철저히 하는 게 좋을 거예요, 플로라. 마왕들이 대거 몰려올 수도 있으니까."

　그 말에 플로라는 깜짝 놀랐다.

　"마왕이라고요?"

　"그가 마왕들과도 어울리고 있었다는 사실을 들어본 적 없나요?"

　"물론 들어는 봤어요. 그에게 물어본 적도 있죠. 그때 그는 더욱 많은 마왕들을 제거하기 위해 잠시 그들을 이용한다고 말했어요."

　"틀린 말은 아니죠. 하지만 자신의 말을 듣지 않는 용자들을 제거할 때도 그들을 이용하지 않는다는 보장이 없어요."

　카렌은 탄식했다.

　"웬만하면 이 말은 하고 싶지 않았는데, 지금 이대로라면 아디란 대륙은 조만간 마왕들에 의해 짓밟힐 가능성이 농후하기에 부득불 말한 거예요."

　플로라의 두 눈이 분노로 이글거렸다.

　"그의 행동이 이상하다고 생각은 했지만 설마 그런 짓까지 벌일 것이라고는."

그러던 그녀는 문득 입술을 깨물며 말을 이었다.

"그보다 저분들은 무엇 때문에 그가 그토록 집착하는지 알고 싶군요. 끔찍한 저주까지 내려가면서 말이에요."

순간 카렌은 고개를 돌려 라우벤을 쳐다봤다. 그러자 라우벤이 씩 웃으며 말했다.

"그건 제가 말씀드리지요, 아디란 대륙의 용자님."

"그 전에 정말 죄송하단 말씀부터 드려야겠군요. 예전에 당신들을 극한의 사지에 가둬두고 고통스럽게 했던 건 본의가 아니었어요. 내가 당신들을 추격해 온 것은 당신들을 다시 잡아다 가두려는 것이 아니라 단지 그 이유에 대해서 알고 싶을 뿐이었죠. 대체 왜 르티아 님이 당신들을 가둬 놓으려고 하는 것인지를 말이에요."

라우벤의 두 눈이 번쩍였다.

"그건 그놈이 한 분을 매우 두려워하고 있기 때문일 것입니다."

플로라는 고개를 갸웃했다.

"그가 누군가를 두려워하다니 믿을 수 없군요. 환야의 절대용자인 그를 두렵게 만드는 존재가 누구죠?"

순간 카렌이 인상을 찌푸렸다.

"당신은 아직도 그를 절대용자라 생각하나요?"

"모두가 그를 그렇게 불러 나도 습관적으로 말했을 뿐이에요. 하지만 그가 그렇게 불릴 만큼 강한 것도 사실이잖아요. 환야에서 가장 강한 마왕이라 불리는 대마왕 플런더조차 두려워하지 않는 그를 두렵게 만드는 존재가 대체 누구죠?"

그러자 라우벤이 두 눈을 번뜩이며 외쳤다.

"그분은 바로 나의 로드시오."

"당신의 로드?"

"마왕 샤크 님이시오."

"마왕이라고요?"

플로라가 기막혀하는 표정을 지었지만 라우벤은 당연하다는 듯 대답했다.

"용자인 당신은 인정할 수 없을지 모르지만 그분은 환야에서 가장 강하실 뿐 아니라, 그 어떤 용자보다 더 협의로운 분이시오. 그 빌어먹을 르티아 놈은 로드께서 이데스 대륙에 나타났을 때를 대비해 우릴 잡아두고자 한 것이오."

자신의 로드가 환야에서 가장 강한 자라고? 누가 들어도 그건 매우 어처구니없으면서도 허무맹랑한 얘기일 것이다.

그러나 플로라는 그렇게 받아들이지 않았다. 라우벤의

입에서 나온 한 단어 때문이었다.

"지금 뭐라고 했죠? 협의라고요?"

"그렇소. 협의! 마왕인 로드께서 가장 강조하는 것이 바로 그것이오."

플로라는 가슴이 세차게 뛰었다. 협의라는 말은 그가 특히 강조하던 것이다. 아무래도 라우벤이 말하는 그 마왕 샤크라는 자는 그녀가 알고 있는 그와 너무 흡사했다.

그러나 그녀는 문득 혼란스러운 표정으로 자신도 모르게 중얼거렸다.

"그럴 리 없어. 그의 이름은 테사라고 했는데……."

그 순간 카렌과 라우벤 등의 두 눈이 휘둥그레 커졌다. 곧바로 라우벤은 벌떡 일어나 물었다.

"로드께서는 간혹 자신의 이름을 테사라고 밝히기도 하시오. 혹시 당신도 로드를 만나보신 것이오?"

"아, 그럴 수가!"

플로라는 비로소 자신이 만났던 테사가 바로 라우벤의 로드인 샤크라는 사실을 깨달았다.

'그래서 그때 그가 이데스 대륙의 위치를 내게 물었던 것이었어.'

샤크가 이데스 대륙의 위치를 물었을 때 그녀는 용자로

서의 의리를 지키기 위해 모른다고 했다. 그때는 왜 그가 그곳 대륙의 위치를 물었는지 의문이었는데, 라우벤의 말을 듣고 보니 대략 이해할 수 있었다.

곧바로 그녀는 자신이 마궁에서 샤크를 만났고, 그가 이곳 아디란 대륙에서 잠시 지냈었던 얘기를 해 주었다. 또한 그가 용자들의 합공을 받아 죽었다는 사실도.

그러자 라우벤이 크게 웃었다.

"하하하! 글쎄요. 로드께서 죽었다는 것은 말도 안 되는 일입니다."

플로라는 고개를 끄덕였다.

"그건 나도 그렇게 생각해요. 그는 분신이 부서졌을 뿐 본신은 무사할 거예요. 다만 그곳으로 가는 포탈이 닫혀서 아직 확신할 수 없을 뿐이죠."

그 말에 라우벤과 로니안은 탄식했다.

"로드께서 계신 곳으로 갈 수 있는 포탈이 있는데도 그곳이 닫혀 있다니 안타깝군요."

"포탈은 언제쯤 다시 열리는 지 알 수 없나요?"

플로라는 시무룩한 표정으로 고개를 흔들었다.

"그가 다시 열어 주기 전에는 알 수 없어요."

그런데 그때 카렌이 다소 혼란스러워하는 표정으로 플로

라를 쳐다봤다.

"나는 라우벤이 샤크가 그토록 강하다는 말을 했을 때 믿지 않았어요. 그를 마지막으로 봤을 때도 그는 보통의 마왕보다는 강해 보였지만, 르티아 님을 상대하기에는 턱도 없어 보였으니까요. 그런데 그를 르티아 님이 두려워하는 것이 내 눈에 느껴졌기에 무척 이상하다고 생각했죠."

플로라는 고개를 끄덕였다.

"나 역시 그가 강하다고는 생각했지만, 설마 르티아 님을 이길 수 있을 정도라고는 생각하지 못했어요. 솔직히 그건 지금도 잘 확신하지 못하겠군요."

그러자 라우벤이 씩 웃으며 말했다.

"로드는 자신의 능력을 거의 드러내지 않습니다. 간혹 드러낸다 해도 빙산의 일각 정도일 뿐. 그걸 간파하려면 로드보다 강해야 가능할 겁니다. 물론 불가능한 일이지요."

카렌이 라우벤을 쳐다봤다.

"하긴 그렇겠군. 하지만 난 그가 정말로 그토록 강한지 확인해 봐야겠어."

"비무라면 얼마든지 환영해 주실 겁니다."

라우벤은 왠지 흐뭇했다. 르티아로 인해 두 번 다시 샤크와 만날 수 없을 만큼 아득히 먼 환야의 외딴곳으로 끌려왔다 생각했는데, 알고 보니 샤크는 매우 가까이에 있었던 것이다.

아디란 대륙의 용자 플로라, 르티아의 제 일 가디언이었던 로아탄 카렌, 심지어 스페스 마을의 소년 피터에게서도 샤크의 흔적을 발견할 수 있었으니 말이다.

그런데 그때 통나무집 바깥에서 대기하던 가디언 중 하나인 베아티가 다급히 문을 열고 들어왔다.

"플로라 님, 큰일 났어요. 마왕들이 나타났어요."

마왕이라는 말에 플로라는 깜짝 놀랐다.

"마왕이라고?"

"그것도 하나가 아니라 셋이나 나타났어요. 마족들과 마물들이 그들을 따르고 있어요."

웬만한 일에는 눈 하나 깜빡하지 않는 가디언 베아티의 안색이 딱딱하게 굳어져 있는 걸 보면 상황이 얼마나 심각한지 알 수 있었다.

플로라는 카렌을 쳐다봤다. 카렌은 착잡한 표정으로 고개를 끄덕였다.

"우려하던 일이 벌어진 것 같군요."

플로라는 처연한 표정을 지었다. 사실 마왕이 용자가 지키는 대륙을 빼앗으러 나타나는 것이야 환야에서는 드문 일이 아니다. 그러나 지금의 상황은 마왕이 아닌 다른 용자의 사주로 인해 벌어진 일이었다. 그렇지 않다면 이토록 공교로울 수 없는 것이다.

카렌이 자리에서 일어났다. 르티아가 직접 나타났다면 가능한 그와 충돌하지 않았겠지만, 마왕이라면 얘기가 다르다.

"아디란 대륙의 손님으로서 신세만 지고 있을 순 없죠. 저도 한 손 거들 테니 너무 염려하지 말아요, 플로라."

"나 역시 마찬가지요. 이 포르미카의 대검이 있는 한 웬만한 마왕 한 놈쯤은 충분히 감당할 수 있을 것이오."

카렌과 라우벤이 아디란 대륙의 수비전에 합류한다는 말에 플로라의 안색이 밝아졌다.

"그래 주신다면 아디란 대륙은 당신들을 영원히 잊지 않을 것입니다."

카렌이 웃었다.

"이럴 때가 아니에요. 놈들이 차원의 문을 넘어 아디란 대륙으로 들어오기 전에 우리가 먼저 가서 막도록 해요."

그녀의 말이 맞았다. 플로라는 즉시 가디언들과 카렌, 라우벤과 함께 아디란 대륙에서 환야로 나가는 차원의 문 쪽으로 향했다.

이미 베아티를 제외한 플로라의 다른 세 가디언들이 차원의 문 앞에서 마왕들과 대치중이었다.

수십 명의 마족에 언뜻 봐도 10만은 됨직한 마물들.

플로라는 저것들이 아디란 대륙에 들어오게 되면 어떤 끔찍한 참사가 벌어질지 생각만 해도 소름 끼쳤다.

그러나 어차피 마족이나 마물들의 숫자가 아무리 많아도 그것들의 로드들인 마왕들만 쓰러뜨리면 걱정할 필요가 없었다.

마왕이 죽는 순간 그의 권속 마족이나 마물들은 기겁하며 달아나 버릴 테니까. 그 어디서도 죽은 마왕의 복수를 하겠다며 달려드는 마족이나 마물들이 있다는 얘기는 들어보지 못했다.

따라서 플로라와 카렌, 라우벤은 서로 눈빛을 교환하고는 마족들과 마물들의 앞에 오연히 서 있는 세 마왕을 향해 걸어갔다.

플로라는 성검 루크를, 라우벤은 포르미카의 대검을, 카렌은 반월형의 긴 장검 문 블레이드를 들고 각자가 정한 마왕들을 노려봤다.

적발의 여마왕 테나, 푸른 뿔의 마왕 레말라스, 거대 나가 형상의 마왕 가르겐!

카렌은 어렵지 않게 그들 마왕의 정체를 알아봤다. 모두 그녀가 오르덴의 도시에서 적지 않게 마주쳤던 마왕들이었으니 어찌 모르겠는가.

'하필이면 테나가 오다니.'

레말라스나 가르겐은 그리 대단한 마왕들이 아니었다. 그러나 저 피처럼 붉은 머리를 가진 여마왕 테나는 다른 두 마왕의 능력을 합해놓는 것보다 훨씬 강력했다.

'오늘 어쩌면 나의 삶이 끝날지도 모르겠구나.'

당연히 카렌은 자신의 능력으로 테나를 당해낼 수 없다는 사실을 알았지만, 지금 이 순간 그나마 테나를 상대로 조금이라도 버틸 수 있는 이는 자신뿐임을 알았다.

플로라는 용자라 하지만 카렌보다 약했다. 그녀가 가진 성검 루크의 힘을 통해 레말라스나 가르겐 중 하나와 간신히 호각을 이룰 정도이리라.

또한 라우벤은 플로라보다도 한 단계 낮은 수준이지만 다행히 그에게는 포르미카의 대검이 있으니, 운이 따라준다면 레말라스나 가르겐을 상대로 팽팽한 승부를 겨룰 수 있을 것이다.

플로라의 네 가디언이 라우벤이나 플로라를 돕는다면 승

부가 좀 더 쉬워질 순 있겠지만, 그들은 세 마왕들의 권속 마족들을 맡아야 했다.

최상급 마족들만 무려 여섯에, 상급 마족은 삼십이 넘었다. 그들을 고작 네 명의 가디언이 맡아서 상대한다는 것은 결코 쉬운 일이 아니었다.

게다가 그 뒤로 10만이 넘는 마물들까지!

플로라 역시 지금의 전세가 매우 불리하다는 것을 눈치챘는지 씁쓸한 미소를 지으며 말했다.

"멀지 않은 곳에 용자들이 있고, 그들은 분명 아디란 대륙이 위기에 처해 있다는 사실을 알고 있을 텐데, 아무도 오지 않는군요."

카렌이 고개를 끄덕였다.

"그들은 오고 싶어도 올 수 없겠죠. 당신을 돕는 순간 그들 또한 당신과 같은 신세가 될 테니 말이에요."

라우벤은 의외로 담담했다.

"후후후, 다른 건 몰라도 복수는 걱정할 건 없습니다. 오늘 우리가 모두 죽을 수도 있겠지만, 저놈들 또한 머지않아 로드에게 무참히 죽임을 당할 것입니다."

그 말과 함께 그는 나가 형상의 마왕 가르겐을 향해 힘차게 달려갔다. 플로라는 푸른 뿔의 마왕 레말라스를 향해 돌진했고, 카렌은 테나를 향해 걸어갔다.

테나는 카렌이 다가오는 모습을 보며 오연히 웃었다.

"로아탄 카렌! 감히 내게 대항할 생각인가? 나에게 충성을 맹세한다면 특별히 살 기회를 주겠다."

"입 닥치고 덤비기나 해."

카렌은 문 블레이드를 번쩍 쳐들고 테나를 노려봤다. 그러자 테나는 픽 웃더니 고개를 흔들었다.

"덤비는 거야 어렵지 않지. 하지만 우리끼리만 싸우면 너무 싱겁잖아. 저 뒤에서 나의 명령만 애타게 기다리고 있는 아이들에게도 기회를 줘야겠지. 안 그래? 오호호호홋!"

테나는 음침한 웃음을 흘리며 크게 외쳤다.

"아디란 대륙을 쓸어버려라, 애들아."

"흐흐! 예, 로드."

"쿠히히히! 로드의 명령을 받듭니다."

10만의 마물들은 기다렸다는 듯 차원의 문을 향해 밀려들어 갔다. 그러나 카렌과 플로라 등은 각각을 향해 달려오는 마왕들과 대치하느라 마물들을 막지 못했다.

베아티 등을 비롯한 로아탄 가디언들 역시 최상급 마족들과 상급 마족들을 상대로 고전 중이었다.

"크크크크! 살아 있는 걸 모조리 죽인다."

"키키킥! 모조리 언데드로 만들어 버리는 거야."

"깔깔깔깔! 이제 아디란 대륙은 마계로 변할 것이다."

10만의 마물들의 선봉에는 웬만한 마족들 못지않은 능력을 가진 최상급 마물들이 있었다. 그들은 차원의 문을 통과해 아디란 대륙의 상공에 나타났다.

휘이이이—

극한의 추위로 사방이 얼어붙어 있는 북방의 상공이었지만 마물들은 추위 따위는 아랑곳하지 않았다. 환야의 차원력이 만들어 내는 이상 기후 속에서도 생존했던 그들에게 이 정도의 악천후는 장애가 될 수가 없었던 것이다.

"크카카카카카! 사방으로 흩어져라."

"키키킥! 보이는 모든 걸 다 파괴하라!"

차원의 문에서 끝없이 쏟아져 나오는 마물들! 그것들은 아디란 대륙의 인간들에게는 악몽 속에서조차 본 적 없는 끔찍한 존재들이었다.

마물들은 대륙을 유린했다.

그것들이 지나가는 곳마다 폐허로 변했다. 마을과 성, 도시가 불타고 도처에 인간들의 시체가 쌓였다. 밤에는 그 시체들이 언데드가 되어 마물 군단에 합류했다.

그것은 대재앙이었다.

그 재앙을 막아줄 용자는 차원의 문밖에서 마왕과 싸우 느라 여력이 없었다. 아디란 대륙의 하늘은 어둠의 기운이 형성한 시커먼 구름이 가득 차 버렸고, 그렇게 며칠이 지났 을 때부터는 더 이상 환한 해를 볼 수가 없었다.

어둠의 세계!

마물들이 지배하는 대륙!

그곳이 바로 아디란 대륙이었다.

Chapter 11

용자가 될 운명

마왕과 용자의 전투는 끝없이 이어졌다.

　푸른 뿔의 마왕 레말라스와 맞서 용자 플로라는 필사적으로 싸웠지만, 그를 쓰러뜨리지 못했다. 교활한 레말라스는 끝없이 시간을 끌수록 자신에게 유리하다는 사실을 알고 있었기에 결정적인 승부를 회피하며 플로라를 자신 앞에 잡아두었다.

　그것은 라우벤 역시 마찬가지였다. 그는 나가 형상의 마왕 가르겐과 간신히 호각을 이루며 전투를 벌이고 있었고, 무려 한 달이 넘는 시간 동안 상황은 달라지지 않았다.

　그러다 보니 가장 처참한 지경에 있는 이가 바로 카렌이었다. 그녀는 그녀의 몸이 부서지는 것을 각오하며 테나를 쓰러뜨리려 했지만, 오히려 테나에게 일방적으로 몰리고 있었다.

"이제라도 항복해서 나의 가디언이 되겠다고 맹세하면 너만은 살려줄 수도 있다, 카렌."

테나는 진작에 카렌을 죽일 수 있었지만 일부러 살려둔 채 그녀를 굴복시키려 하고 있었다. 웬만한 마왕을 우습게 여길 만큼 강한 실력을 가진 로아탄 카렌은 마왕인 테나에게 매우 탐나는 존재였던 것이다.

카렌이 냉소했다.

"계속 어리석은 요구를 하는군. 내가 만일 너의 가디언이 되면 르티아 님이 널 가만두지 않을 텐데 말이야."

그러자 테나가 허리를 비틀며 웃었다.

"오호호홋! 너야말로 어리석은 생각을 하는구나, 카렌. 내가 르티아가 두려워 그와 손을 잡았다 생각하느냐?"

"그럼 아니라는 거야?"

"내가 두려워하는 존재는 오직 플런더 님뿐이다. 르티아 놈은 마왕들을 굴복시켰다고 좋아하고 있지만, 그 또한 플런더 님의 계획 속에 있다는 사실을 짐작조차 하지 못하겠지."

"……!"

이는 카렌은 짐작 못한 뜻밖의 사실이었다. 테나가 키득 거리며 말을 이었다.

"더욱 놀랄만한 얘기를 해 줄까? 르티아 녀석을 따르는 용자들 중에도 일부는 플런더 님께 충성을 맹세한 지 오래 야. 따라서 조만간 르티아 녀석은 믿었던 용자들에게 배신 을 당해 죽게 될 것이다."

카렌은 탄식했다. 르티아는 과연 이 사실을 짐작이나 하 고 있을까? 스스로 타락한 용자가 되어 환야를 장악하겠다 는 포부를 가진 그는 테나의 말대로라면 결국 배신을 당해 죽을 운명이었다.

"그가 그렇게 죽는다 한들 나와는 상관없는 일이야."

카렌이 담담히 대꾸하자 테나는 그럴 줄 알았다는 듯 음 침하게 미소 지었다.

"알고 있어, 카렌. 그래서 나는 네가 르티아에게 보여줬 던 그 충성을 내게 바쳤으면 하는 거야."

"닥쳐! 용자의 가디언이었던 내가 마왕의 가디언이 될 거라 생각하느냐? 그럴 바엔 차라리 죽음을 선택할 것이 다."

"어리석군. 앞으로 환야에 더 이상 용자라는 것들은 존재하지 않게 될 것이다. 오직 마왕들이 지배하는 세계! 그것이 바로 플런더 님이 꿈꾸는 세계다. 르티아가 죽고 나면 더 이상 플런더 님께 대항하는 용자들은 없을 것이고, 그분께 복종하는 용자를 제외한 모든 용자가 사라지게 되겠지."

"흥! 헛꿈 꾸고 있구나. 그것이 가능할 것 같으냐? 용자들을 우습게보지 마. 너희 마왕들 따위와는 비교할 수 없이 강한 자들이 많으니까."

카렌이 코웃음 치며 대구하자 테나는 가소롭다는 듯 웃었다.

"오호호호홋! 그건 착각일 뿐이다. 환야에 네가 말한 대단한 용자가 어디 있느냐? 어디 진정으로 강한 용자가 있으면 대보겠느냐? 적어도 나를 두렵게 만들 수 있는 용자 말이야!"

"……."

카렌은 뭐라고 대답할 수 없었다. 예전이었다면 자신 있게 르티아의 이름을 댔을 것이다. 그러나 지금의 그는 타락한 용자로 변했다. 옆에서 레말라스와 치열하게 싸우는 플로라는 비록 정의로운 용자이긴 하지만 실력이 부족하니 대단한 용자라고 할 수 없었다.

카렌이 아무 말도 못하자 테나는 그럴 줄 알았다는 듯 조소를 지었다.

"이제 알았느냐? 너희가 절대용자라 부르는 르티아는 결국 너희를 배신하고 타락한 용자가 되었지. 가장 정의롭다는 녀석이 평소 너희가 그토록 사악하다 욕하며 증오하는 우리 마왕과 다를 바 없는 놈이 된 것, 그것이 의미하는 것은 무엇일까?"

"입 닥쳐! 더 이상 너 따위의 말은 듣기 싫으니 어서 날 죽여라."

카렌이 절규하듯 외쳤지만 테나는 들은 척도 하지 않고 말했다.

"절대용자가 마왕의 길을 추구한다는 것은 곧 마왕이 용자보다 우월한 존재라는 것을 반증하는 것 아닐까? 오호호홋! 이제 환야에 용자란 존재가 왜 필요 없는 지 이해할 수 있겠느냐, 카렌?"

그 순간 카렌은 원통해서 눈물이 날 것 같았다. 어째서 용자들 중에는 저 사악한 마왕 테나의 입을 찢어버릴 만큼 강한 이들이 없는 것일까?

타락한 용자 르티아보다 훨씬 강하고, 대마왕 플런더도 벌벌 떨게 만드는 진정한 절대용자는 존재하지 않는 것일까?

정말로 이대로라면 테나의 말대로 환야에서 용자란 존재
는 사라지고 마왕들만 남아 있을지도 모른다.

그런 참담한 미래가 정말로 실현될 것 같아 카렌은 절망
스러웠다. 그 미래를 바꾸기에 그녀의 힘은 너무 미약했다.
아니, 미래가 아니라 지금 당장 그녀의 생명조차 부지하기
힘든 상태였다.

'그런 끔찍한 미래를 보느니 차라리 지금 죽는 게 나을
거야.'

카렌은 자신이 로아탄으로서의 오랜 삶이 끝나고 환야의
먼지로 돌아갈 때가 온 모양이라 생각했다. 그러던 그녀의
뇌리에 문득 한 존재가 떠올랐다.

'마왕 샤크!'

라우벤의 말이 사실이라면 그가 바로 플런더와 르티아도
두려워 떨게 만들 수 있는 유일한 존재였다.

마왕이지만 용자보다 더 정의롭다는 특이한 마왕!

그러나 과연 그가 이 암담한 환야의 세상에서 유일한 빛
이 되어줄 지는 알 수 없었다.

한편 사악한 마물들의 공격은 스페스 마을에도 여지없이

찾아왔다. 그것은 아디란 대륙이 난데없이 나타난 마물들에 의해 폐허로 변하고 있다는 소문이 퍼지기도 전이었다.

소문보다 마물들의 움직임이 더 빨랐다. 마물들은 어느한 곳에서 등장해서 사방으로 영역을 확장해나가는 것이아니라 대륙 도처에서 동시다발적으로 나타나 전 대륙을휩쓸어 버렸다.

그러나 스페스 마을에 나타난 마물들은 의외의 강적들을만나 고전하고 있었다.

그것은 마을에 있던 두 소년과 소녀의 활약 때문이었다.소년 피터가 롱소드를 휘두를 때마다 마물들은 무력하게반쪽이 나버렸고, 소녀 로니안이 주문을 외우는 순간 마물들은 모조리 작은 벌레로 변해 버렸다.

그렇게 스페스 마을로 들이닥쳤던 1백여 마리의 마물들이 하나도 남김없이 피터와 로니안에게 몰살당하는 광경을지켜본 마을 사람들은 환호성을 질렀다.

그러나 마물들의 공격은 끝이 없었다. 매일 1백여 마리씩 새로운 마물들이 나타났고, 그 중에는 언데드 인간들도다수 포함되어 있었다.

마물들에게 죽은 인간들의 숫자가 얼마나 되는 지 알 수없는데, 끔찍하게도 그 모든 시체들이 모두 언데드가 되어 마물군단에 합류한 상태인 것이다.

그래도 피터와 로니안은 절망하지 않고 싸웠다. 혼자였다면 포기했을지도 모르지만 둘이라서 용기를 낼 수 있었다.

다른 곳은 어쩔 수 없다 쳐도 스페스 마을 만은 지켜내자는 것이 그들의 생각이었다.

하지만 끝없이 몰려드는 마물들로 인해 그들은 결국 지쳐갔고, 마을 사람들은 하나둘 죽어 언데드로 화했다.

결국 그들은 마을을 탈출해 삶을 도모해야 했다. 그런 그들의 뒤를 수많은 마물들이 뒤쫓았다.

"헉! 헉! 더 이상은 안 되겠어. 로니안, 저놈들은 내가 막을 테니 넌 어서 가라."

체력이 한계까지 다다른 피터는 옆에서 헐떡이며 괴로워하는 로니안을 향해 다급히 외쳤다. 로니안은 씁쓸히 웃으며 고개를 흔들었다.

"나 혼자 여기서 가봤자 얼마나 더 갈 수 있겠니? 차라리 지금 마물들과 싸우다 죽는 게 나을 거야."

그러자 피터는 무겁게 고개를 끄덕였다.

"네 뜻이 그렇다면 어쩔 수 없지. 여기가 우리들이 죽을 장소인가 보다."

"죽는다기보다 영원한 휴식을 취한다고 생각하면 마음이 편할 거야."

로니안이 눈을 감고 담담한 표정으로 대답하자 피터는 놀랐다.

"너는 죽음이 두렵지 않니, 로니안?"

"안 두렵다면 거짓말이겠지. 그래도 기왕이면 그렇게 생각하자는 거야."

"그래. 좋은 생각이군."

피터는 미소 지었다. 그러고는 눈을 감았다. 어차피 싸울 힘도 없으니 그냥 이대로 눈을 감고 있다가 마물들이 공격하면 그대로 죽음을 맞이하기로 작정한 것이다.

"……"

"……"

그런데 이상하게 한참이 지나도 죽음은 찾아오지 않았다. 예상대로라면 이미 몇 번은 죽고도 남을 시간이 아닐까?

아니, 솔직히 얼마의 시간이 지났는지도 알 수 없었다. 한참이 지난 것 같기도 하고 그냥 잠깐의 시간 같기도 했던 것이다.

기이하게도 마물들의 거친 포효 소리는 들려오지 않았

다. 사방은 매우 고요했다. 그래서 혹시 피터는 그 사이 자신이 죽은 것은 아닌가 하는 생각이 들었다.

'휴! 내가 고통 없이 죽었나 보네.'

마물들에게 찢겨 죽을 때의 고통은 참 끔찍할 것 같아 내심 두려워하고 있었는데, 그런 고통 없이 죽었다니 얼마나 다행인가? 피터는 로니안도 죽었을 것이라 생각했다.

"피터, 우리 지금 살아 있는 걸까?"

그런데 로니안의 음성이 들려왔다. 피터는 순간 흠칫했다. 죽은 줄 알았던 로니안의 음성이 들려오니 놀란 것이다. 피터는 한숨을 내쉬며 대답했다.

"아마도 우리가 둘 다 죽었든지 아니면 둘 다 살아 있든지 할 거야."

"하긴. 나도 방금 그 생각을 했어."

"그럼 너도 여전히 눈을 감고 있어, 로니안?"

"응. 눈을 뜨기가 왠지 두려워서."

"젠장, 나돈데."

"우리 함께 눈을 떠볼까?"

"그, 그래."

둘은 용기를 내서 눈을 번쩍 떴다. 그런데 그들의 앞에 웬 은발의 멋진 용모를 지닌 청년이 팔짱을 낀 채 서 있는 게 아닌가?

"로, 로드!"

로니안의 두 눈이 휘둥그레 변했다. 그녀는 잘 못 본 것이 아닌가 싶어 눈을 감았다 다시 떴다.

그러나 틀림없었다. 그녀가 로드 샤크를 어찌 못 알아보겠는가?

'아아, 진짜 로드야. 로드가 드디어!'

오랜 만에 샤크를 만났으면 눈물이 흘러나올 것이라 생각했다. 그런데 샤크가 무슨 산보를 나온 것처럼 편안하고 한가로운 표정이다 보니 로니안은 순간적으로 헛갈렸다.

그 길었던 이별의 시간이 그저 꿈이었고 그녀는 샤크와 계속 같이 있었던 것 같다는 이상한 느낌. 물론 말도 안 되는 생각이었지만 그만큼 샤크의 편안해 보이는 표정을 보자 그녀의 마음은 차분히 가라앉았다.

"로드, 거기서 뭐해요?"

"로니안, 너야말로 거기서 뭐하고 있느냐?"

"그냥 눈을 좀 감고 있었어요."

"흠, 나는 네가 거기서 눈을 감고 있기에 고민 중이었다."

"고민이라고요?"

"네가 뭔가 중요한 생각을 하고 있는 것 같은데 기다려야 할 것인가? 아니면 소리를 내서 눈을 뜨게 해야 할까 하는 고민 말이야."

로니안의 두 눈에 문득 물기가 차올랐다.

"그냥 소리를 내지 그랬어요? 그랬으면 눈을 번쩍 떴을 텐데요."

"하하, 이제라도 눈을 떴으니 다행 아니냐?"

"하긴 그래요, 호호호."

눈에서는 눈물이 흘러나왔지만 입으로는 웃음이 나왔다. 마음이 너무 편안했다. 그것은 매우 기이한 일이었다.

그러던 그녀는 문득 다급히 외쳤다.

"참, 할아버지는요?"

"라우벤은 저 위에서 제법 고전 중인 것 같구나. 아직 살아 있으니 염려마라."

샤크가 별일 아니라는 듯 말해서 로니안 역시 왠지 별일 아닌 것처럼 느껴질 정도였다. 한편 피터는 샤크를 보며 고개를 갸웃했다.

'이상해. 처음 보는 사람인데 꼭 어디서 본 것 같네.'

그런 피터를 향해 샤크가 빙긋 웃었다.

"험! 네가 준 50골드, 아주 고마웠다, 피터."

"옛! 당신이 누구시길래?"

"녀석! 날 벌써 잊었느냐? 흠, 그러고 보니 그땐 이 모습이 아니었군. 깜빡했다."

샤크는 스페스 마을에 있을 때의 모습으로 살짝 변신했다가 다시 본래로 돌아왔다. 피터의 두 눈이 휘둥그레 변했다.

"테사 형님!"

"이 모습도 있단다."

샤크가 은발 노인의 모습으로 변신했다가 다시 돌아왔다.

"아, 그럼 그때 당신이 바로 그였군요. 맙소사!"

테사의 입이 쩍 벌어진 채 다물 줄을 몰랐다. 샤크는 고개를 끄덕이더니 문득 로니안을 쳐다봤다.

"그러고 보니 너의 저주는 어떻게 풀었느냐?"

"이데스 대륙의 성녀 헬레나 님이 풀어줬어요."

로니안은 그동안 있었던 일을 간략하게 얘기했다. 그녀의 말을 듣는 샤크의 미간이 살짝 좁혀지는가 싶더니 두 눈에서 일순 섬광 같은 빛이 번뜩였다가 사라졌다.

"성녀까지 죽이다니. 하긴 그럴 만한 녀석이긴 하지."

"르티아! 그는 악마예요. 지금 이곳 아디란 대륙은 그가 보낸 마물들로 인해 죽음의 대륙으로 변한 상태죠."

"그 마물들은 모두 정리했다."

"예? 정리했다고요? 언제요?"

"너희들이 언제 눈을 뜰지 모르는데 무작정 멍하니 서서 기다릴 수도 없지 않으냐? 달리 할 일도 없으니 그놈들을 몽땅 없애버렸다."

로니안과 피터의 두 눈이 다시 휘둥그레 커졌다.

"그 잠깐의 시간예요?"

"세상에! 말도 안 돼요."

샤크는 씁쓸히 웃었다.

"그런 건 내게 어려운 일이 아니란다. 그보다 조금만 내가 이곳에 더 빨리 왔으면 아디란 대륙의 사람들이 희생되지 않았을 텐데 그게 안타까울 뿐이다."

샤크는 말을 이었다.

"자, 이제 우리 얘기는 그만하고 저 위에서 고전하고 있는 이들을 구해 주러 가도록 하자."

그러자 피터가 고개를 갸웃했다.

"저 위가 어디죠?"

"환야라는 곳이다."

"환야요?"

그 순간 주변의 정경이 변했다. 방금 전까지는 울창한 숲이었는데, 이곳은 황량한 벌판만 보였다.

그러나 피터는 그런 낯선 환경 때문에 놀랄 여유가 없었다. 한눈에 봐도 사악한 마왕으로 보이는 자들의 앞에서 피투성이가 된 채로 비틀거리고 있는 이들이 있었기 때문이다.

한편 마왕 테나와 레말라스, 그리고 가르겐은 갑자기 전신에 알 수 없는 소름이 끼쳤다. 이유가 뭔지 모른다. 그들은 숨을 쉴 수 없을 듯한 공포에 덜덜 떨었다.

그런 그들의 앞으로 한 명의 은발 청년이 걸어오고 있었다.

팍! 파팍!

"아악!"

"크아아악!"

그가 뭘 어떻게 했는지 플로라의 가디언들을 희롱하며 괴롭히던 마족들의 몸이 터져 나가고 있었다.

스스스.

동시에 마족들의 몸에 귀속되었던 인간의 영혼들이 은발 청년의 몸으로 향했고, 그것들은 이내 환한 빛을 뿜으며 환야의 상공으로 사라졌다.

또한 카렌 등의 앞에 있던 마왕들의 몸에서도 수많은 영혼들이 빨려나오듯 은발 청년의 몸으로 향했고 그들 또한 환한 빛을 발산하며 환야의 상공으로 사라졌다.

그것은 실로 아름다운 광경이었다. 두 눈을 휘둥그레 뜨다 못해 입까지 쩍 벌린 채 쳐다보고 있는 피터를 향해 샤크가 빙그레 웃으며 말했다.

"잘 봐둬라. 이것이 앞으로 네가 해야 할 일이다. 마왕과 마족, 마물들에게 붙잡혀 있는 인간의 영혼들을 자유롭게 만들어 주는 것, 그것이 바로 용자가 할 일이다."

"알겠습니다."

용자라는 말에 피터의 가슴이 뛰었다. 샤크가 다시 말했다.

"보아라. 용자가 강하지 못하면 마왕에게 무슨 꼴을 당하는지를. 용자는 협의로운 마음을 가지는 것은 물론이고 반드시 강해야 한다. 용자가 약하면 그 자체로 죄가 된다는 것을 잊지 마라."

용자가 약하면 그 자체로 죄다! 그 말이 피터의 가슴을 울렸다. 피터의 눈빛이 이글이글 불타올랐다.

"반드시 강한 용자가 되겠어요. 그래서 사악한 마왕들을 모조리 짓밟아버릴 거예요."

그러자 샤크가 흠칫하더니 말했다.

"뜻은 좋다만 단 하나는 제외하도록."

"예?"

"설마 나까지 죽일 셈이냐?"

피터는 경악하는 표정을 지었다. 피터는 아직 샤크의 정체를 모르고 있었다. 그가 용자에 대해 강조하기에 용자인 줄 알았던 것이다.

"그럼 설마 당신이 마왕이란 말입니까?"

"마왕이지만 용자 편이지."

"하하, 특이한 마왕이군요. 그럼 저도 마왕이 되겠습니다."

"그건 또 무슨 말이냐?"

샤크의 눈매가 가늘어지자 피터는 흠칫했다.

"그러니까 저도 당신처럼 마왕이 되어 용자의 편에 서고 싶다는 뜻이죠."

"마왕은 되고 싶다고 되는 것이 아니야. 어쩔 수 없이 타고나는 거지. 하지만 용자는 노력하면 누구나 될 수 있다. 따라서 넌 용자가 되어야 한다."

"그렇군요."

"본래 나는 너와 인연을 이어가지 않으려 했다. 그냥 간단한 무공만 전수해 주고 더 이상 관여하지 않을 생각이었지. 그런데 용자들이 하나같이 다 약골에 정신 상태는 썩어빠져 있으니 부득불 내가 너를 가르쳐서라도 제대로 된 용자 하나를 만들어 볼 생각이다. 불만 있느냐?"

"헤헷! 불만이 있을 리가 있나요? 그럼 저도 당신을 로드라고 불러도 되겠지요?"

"그야 물론이다."

그러자 피터는 주먹을 불끈 쥐며 씩 웃었다.

"로드! 저는 당신을 실망시키지 않는 강한 용자가 되겠습니다."

순간 로니안이 눈빛을 이글거리며 샤크를 쳐다봤다.

"로드! 저도 용자로 만들어 주세요. 아무리 힘든 수련이라도 견뎌내겠어요."

로니안은 당차게 외쳤지만 한편으로 불안했다. 샤크가 개나 소나 다 용자가 되겠다며 설친다고 뭐라고 할까봐서였다.

그녀는 샤크가 어떤 때는 매우 다정하지만, 동시에 무척 괴팍하면서도 성질이 평범하지 않다는 사실을 잘 알고 있었다. 종합해서 말하면 그냥 성질이 더럽다는 것 하나로 축약이 가능할 것이다. 그래서 힐끗 눈치를 보며 그의 입에서 무슨 말이 나올까 숨을 죽였다.

　그런데 샤크의 반응은 의외였다. 그는 로니안을 핀잔어린 표정으로 노려보며 말했다.

　"녀석! 그럼 넌 용자 안하려고 했느냐? 넌 다른 누구보다 혹독하게 용자가 되기 위한 수련을 거쳤다. 너야말로 반드시 용자가 되어야 한다."

　"아, 그렇군요."

　로니안은 순간 가슴이 뭉클하다 못해 눈물이 울컥 나올 것 같았다. 샤크는 그녀가 이모탈 무타티오라는 저주로 인해 고통을 받았던 시간들이 그냥 의미 없이 지나간 시간들이 아니라, 용자가 되기 위한 과정이었다고 말한 것이었다.

　확실히 로니안은 이모탈 무타티오를 통해 마왕이 얼마나 끔찍한 존재인지, 마왕보다 약하면 어떤 꼴을 당하게 되는지 엄청난 고통을 경험하며 절실히 깨달았다.

　그로부터 굳어진 강인한 의지는 그녀가 이후에 용자로서 살아가는데 강력한 힘이 되어 줄 것이다.

　"로니안, 피터! 다시 한 번 말하지만 용자는 약하다는 것만으로 죄가 된다. 그땐 너희가 지켜야 할 것을 지킬 수 없기 때문이다. 알았느냐?"

　"예, 로드."

"명심하겠어요."

로니안과 피터는 초롱초롱한 눈빛으로 대답했다. 그러자 한쪽에서 여전히 샤크의 눈치를 보며 덜덜 떨고 있는 테나를 비롯한 세 마왕뿐만 아니라, 그 앞에서 비틀거리며 간신히 서 있는 카렌 등도 어처구니없는 표정을 지었다.

여기가 무슨 용자 아카데미도 아니고, 꼭 이 마당에 이렇게 망신을 줘야 하는가 싶어서였다. 특히 만신창이 상태의 플로라는 샤크를 원망스러운 표정으로 노려보며 말했다.

"하! 나도 어디 가서 그렇게 약한 용자란 소리는 안 듣거든요. 저놈이 좀 유독 강해서 이 꼴이 된 것이죠."

카렌도 샤크를 노려보며 말했다.

"이봐, 샤크! 난 용자가 아니잖아. 로아탄 치고 나 정도면 제법 쓸 만한 수준 아닐까?"

라우벤 역시 머쓱한 표정으로 웃으며 말했다.

"흐흐, 로드. 저야 뭐 용자도 로아탄도 아닌데 마왕과 맞붙어 싸울 정도면 대단한 거 아닙니까?"

그러자 샤크는 셋의 말에 모두 일리가 있다는 듯 고개를 끄덕였다.

"뭐 틀린 말들은 아니군. 하지만 결과적으로 너희들은 모두 마왕에게 얻어터지고 있었던 건 사실 아니냐?"

"그러니까 얻어 터졌다기보다……."

카렌 등은 뭔가 억울하다는 듯한 표정을 지었지만 샤크의 말이 또 틀린 건 아니라서 아무 말도 할 수 없었다. 셋다 마왕들에게 얻어터지고 있던 건 사실이었으니 말이다.

샤크는 라우벤을 쳐다보며 말했다.

"라우벤, 너 또한 용자가 될 운명이다. 달리 설명이 필요하느냐?"

"아닙니다. 제가 용자가 안 되면 누가 되겠습니까?"

라우벤은 머리를 긁적였다. 그는 자신이 용자가 되어야 할 이유를 조금 전 샤크가 로니안에게 설명할 때 깨달았다. 즉, 그 역시 로니안과 같은 이유로 용자가 될 수밖에 없는 것이다.

"허헛! 그리고 보니 한 집안에서 용자가 둘이나 나오다니, 이건 경사로군요."

할아버지 용자에 손녀 용자라! 라우벤은 그것이 왠지 흡족한 모양이었다. 샤크는 고개를 끄덕이고는 카렌을 쳐다봤다.

"카렌, 너도 마찬가지야. 대체 언제까지 로아탄으로서의 운명에만 얽매여 있을 생각이냐? 너는 그동안 용자가 용자답지 못한 꼴을 보면서 느낀 바가 많았을 것이다. 이제 너야말로 정말 용자다운 용자가 되도록 해라."

"……!"

카렌의 몸이 번개라도 맞은 듯 떨렸다. 샤크는 아무 생각 없이 그냥 툭 던진 것 같은 말이었지만, 그의 음성이 그녀에게는 우레와 같이 울렸다.

그때 플로라가 샤크를 향해 물었다.

"내겐 뭐 할 말 없나요?"

"넌 이미 용자인데 무슨 할 말이 있겠느냐?"

"그건 그렇죠."

"굳이 한 마디 하자면 아디란 대륙의 참사는 너로서는 불가항력적인 일이었으니 그로 인해 절망하지 말라는 것이다."

"아, 그러고 보니……."

플로라는 다급히 그녀의 가디언들과 차원의 문을 통해 아디란 대륙으로 들어갔다. 플로라 등은 마물들로 인해 자행된 대재앙으로 인해 크게 고통스러워하겠지만, 그것은 샤크가 어찌해 줄 수 있는 일이 아니었다. 그것은 그들 스스로 감내하고 이겨내야 할 고통이니까.

Chapter 12

고상한 취미

샤크는 마왕들을 향해 걸어갔다. 적발의 여마왕 테나는 혼란스러운 표정으로 샤크를 쳐다봤다. 샤크가 나타난 이후로 그녀는 자신이 가진 마왕으로서의 그 어떤 힘도 쓸 수 없었던 것이다.

그러니 샤크가 끔찍스럽게 두렵지 않겠는가. 그녀는 샤크의 정체가 궁금했다.

"너는 누구냐?"

"마왕."

"마왕이라고?"

"하지만 너희들과는 달라. 뭐 그런 걸 너희들에게 굳이 설명할 이유는 없겠지."

"우릴 어쩔 셈이냐?"

"글쎄! 생각 중이야. 그냥 죽이는 건 너무 자비로운 일일
테니까."

샤크는 손을 가볍게 휘저었다. 순간 테나와 레말라스, 가
르겐의 몸이 세차게 떨리더니 모두 말의 형상으로 변신했다.

테나는 붉은 털의 말로, 레말라스는 푸른 털의 말, 그리고
가르겐은 흑색 털의 말이었다.

마왕들을 말로 만든 샤크는 카렌에게 불쑥 물었다.

"혹시 수카 가지고 있는 거 있느냐?"

수카는 환야를 이동할 수 있는 튼튼한 마차로 차원력의 이
상 기후에도 부서지지 않게 오르덴들이 만들어놓은 것이었
다.

"수카야 있지."

카렌은 끄덕이더니 아공간에서 큼직한 수카 하나를 꺼냈
다. 그녀의 수카는 작은 집을 연상케 했는데 바닥에는 바퀴들
이 달려 있었다.

샤크는 백색의 빛이 반짝이는 밧줄로 말들을 묶어 수카에
연결했다. 그러고는 카렌에게 채찍을 건넸다. 카렌의 두 눈이
커졌다.

"이게 뭐야? 설마 나보고 마부 노릇이나 하란 거야?"

"물론이다. 목숨을 살려 줬으면 그 정도는 당연한 것 아니냐? 그리고 이 중에서 너만큼 환야의 지리에 밝은 이가 누가 있느냐?"

"제길, 언제는 용자가 되라며? 그런데 고작 마부나 시키겠다는 거야?"

"용자가 마부 노릇 좀 하는 것이 뭐 어떠냐? 네게 저 망할 마왕 녀석들을 조종할 기회를 주려고 했는데 싫다면 어쩔 수 없지."

순간 카렌의 두 눈이 번뜩였다. 그러고 보니 마부가 되면 세 마왕들을 실컷 괴롭힐 수 있는 특권이 생긴다. 그녀가 어찌 그것을 마다하겠는가.

"알았어. 마부가 되도록 하지."

"후후, 잘 생각했다. 일단 마궁으로 돌아가겠다. 험한 전쟁이 벌어질 곳에 저 녀석들을 데리고 갈 수는 없으니 말이야."

샤크가 로니안과 피터 등을 가리키며 말하자 마부석에 앉은 카렌이 어깨를 으쓱했다.

"마궁이라! 호호, 그런 것도 지어놓다니 놀랍군. 위치가 어딘지 알려 줘."

"지도를 그려 주지."

샤크가 손을 휘젓는 순간 카렌의 앞에 입체 차원 지도가 나타났다. 그것은 아디란 대륙 내부에 존재하는 포탈을 통해 샤크의 마궁으로 이동하는 지도가 상세가 그려져 있었다.

"그럼 출발하겠어. 모두 수카에 타."

곧바로 샤크 등은 수카에 올랐고, 카렌은 말로 변한 마왕들을 채찍으로 후려쳤다.

"이럇! 출발!"

히힝! 히히히힝!

말들은 힘차게 달렸다. 보통의 말이 아닌 마왕들이다 보니 환야의 벌판을 가공할 만한 속도로 달리는 건 물론이요, 소세계의 상공을 날아가는 것은 아무것도 아니었다.

잠시 후 수카는 마치 비행선처럼 아디란 대륙의 상공을 날았고, 그러다 샤크의 마궁과 이어진 포탈 앞에서 흔적도 없이 사라졌다.

그리고 수카가 다시 나타난 곳은 마궁의 가장 심처에 위치한 널따란 마당이었다. 사방이 대나무 숲으로 둘러싸인 고요한 마당의 한쪽에는 자그만 초옥 한 채가 보였고, 마당의 중앙에는 작은 연못이 있었다.

"다 왔다. 내려라."

샤크의 말에 모두들 수카에서 내렸다. 로니안이 고개를 갸웃하며 물었다.

"여기가 마궁인가요, 로드?"

"그래. 앞으로 네가 강한 용자가 될 때까지 머물 곳이기도
하다."

"마궁이라고 해서 뭔가 커다란 궁전을 연상했는데 생각보
다 작네요."

샤크는 쓴웃음을 지었다. 만일 로니안이 이 마궁의 실제
규모를 알게 된다면 기절초풍할 것이다. 지난 1년여 사이 샤
크의 권속 마족들에 의해 현재 마궁은 외성이 7백여 개까지
확장된 터였다.

그 안에 있는 마물 숲만 수천 개가 넘었고, 우연히 발견된
소세계들과의 통로만 12곳이었다. 샤크는 미처 소세계들을
방문할 여유가 없었지만, 언제고 심심할 때 그곳 세계들을 하
나하나 여행할 계획이었다.

"마궁의 규모에 대해서는 차차 알게 될 것이다. 내가 없는
동안 너희들은 저 옆의 집에서 지내도록 해라."

샤크의 말이 끝나자마자 초옥의 옆에 큼직한 저택이 하나
생겨났다. 라우벤이 머리를 긁적이며 물었다.

"로드, 설마 저도 여기에 남아야 합니까?"

"그럼 고작 그 실력으로 날 따라오려고 했느냐?"

"실전이 곧 훈련 아니겠습니까? 마왕들과 한 판 붙으러 가시는 거라면 부디 절 데려가 주십시오."

그러나 샤크는 고개를 흔들었다.

"넌 아직 멀었다. 이곳에서 더욱 경지를 높이도록."

샤크의 뜻이 완강하자 라우벤은 어쩔 수 없다는 듯 고개를 숙였다.

"알겠습니다, 로드."

곧바로 샤크는 최상급 마족 팔라니아를 불러 라우벤 등이 수련을 하는데 불편함이 없도록 적극적으로 협력하라는 지시를 내린 후 수카를 타고 마궁을 떠났다.

카렌이 투덜거렸다.

"마궁에서 좀 쉬었다 갈 줄 알았는데 이렇게 바로 떠나는 거야?"

"한 시라도 빨리 가야 억울하게 희생될 인간들이 그만큼 줄어들 것이다. 그리고 우리에겐 굳이 휴식 따윈 필요 없는데 쓸데없이 쉬었다 갈 필요가 있겠느냐?"

"그건 그렇군."

한 시라도 빨리 가서 억울하게 희생될 인간들을 구해내자는 것! 카렌은 본래 용자 르티아에게서 듣고 싶었던 말을 마왕 샤크에게서 듣게 되자 왠지 기분이 묘했다. 그러던 그녀는 문득 물었다.

"그러고 보니 지금 넌 분신이겠지? 마궁을 세웠으면 본신은 남아 있어야 할 테니까."

"물론이다."

샤크가 고개를 끄덕이자 카렌은 경악하는 표정을 지었다.

"분신의 능력이 마왕 셋을 동시에 말로 만들어 버릴 정도라니, 그럼 본신은 어느 정도인 거야?"

"분신보다는 강하겠지."

"그렇다는 말은 들었다만 진짜인지는 늘 궁금했어."

"궁금하다면 추후 마궁으로 돌아가면 도전해봐라. 나의 본신도 꽤 심심해하고 있거든."

"별로. 너의 분신도 감당이 안 되는데 본신을 이길 자신은 없어."

"현명한 생각이다."

너무도 당연하다는 듯한 샤크의 말에 카렌은 잠시 어이없어하는 눈빛을 보내다 말을 이었다.

"어쨌든 지금 생각해 보니 그때 널 살려둔 건 잘한 일 같구나. 호호! 소마왕일 때가 얼마 전 같은데 지금은 마궁까지 세운 강한 마왕이 되어 있을 줄이야."

샤크는 미소 지었다.

"카렌! 그때 네게 진 신세는 지금도 잊지 않고 있다. 지난 번에도 말했지만 네가 원하는 소원을 들어 줄 테니 뭐든 원하는 것 있으면 말해 봐라."

그러자 카렌의 두 눈이 빛났다. 예전에는 이 말을 들으면 코웃음 치다 못해 오히려 분노했다. 심지어 죽는 한이 있어도 마왕의 도움 따위는 받지 않겠다고 생각했다.

그러나 지금은 샤크의 이 말이 의미하는 것이 얼마나 엄청난 것인지 알 수 있었다. 그녀는 샤크가 그저 손짓 한 번만으로 세 마왕을 무력하게 만들어 버렸던 장면을 떠올렸다.

그 마왕들은 결코 약하지 않다. 카렌은 그중 단 하나의 마왕도 감당할 수 없어 지난 한 달여 동안 얼마나 큰 수모를 당했던가.

그런데 샤크에게 그들은 한낱 벌레에 지나지 않았다. 심지어 그는 그냥 죽이는 것이 너무 자비롭다며 말로 만들어 마왕들을 부리고 있었다.

단연코 카렌이 알기에 샤크와 같은 존재는 없었다.

그는 전무후무하며 유일무이한 존재였다.

그녀가 한 때 환야의 최강자라 생각했던 르티아는 물론이요, 그와 호적수로 여겨지던 플런더조차도 샤크에게는 상대조차 되지 않을 것이다.

그런 샤크가 그녀의 어떤 소원이든 하나를 들어준다고 하니, 그녀로서는 왠지 가슴이 벅찼다.

"그건 아껴두겠어. 나중에 말해도 되겠지?"

"물론이다. 천천히 생각해 보고 정말로 원하는 것이 있으면 얘기하도록 해."

그러던 샤크는 문득 팔짱을 끼며 짐짓 험악한 눈빛으로 카렌을 노려봤다.

"물론 나의 죽음을 원한다든가 하는 터무니없는 소원은 말해봤자 소용없다. 그따위 소원은 귓등으로도 듣지 않을 것이다."

"후후, 이럴 때는 제법 마왕다운 구석이 보이는군. 염려 마. 그런 말도 안 되는 소원을 말하진 않을 테니까."

"좋아, 그럼 출발하자."

"목적지는?"

"이데스 대륙."

"……!"

순간 카렌은 심장이 쿵 내려앉는 듯했다. 물론 이미 샤크가 그곳을 가려고 한다는 것쯤이야 충분히 짐작했지만, 막상 샤크의 입에서 그 말이 떨어지는 순간 그녀는 왠지 마음 한쪽이 저릿해 왔던 것이다.

'결국 올 것이 왔군.'

샤크와 르티아가 만나면 무슨 일이 벌어질까? 둘 중의 하나는 분명 죽을 것이다. 물론 그 하나는 당연히 르티아가 될 것임은 의심의 여지가 없었다.

'그를 죽이려고 내가 가야 할까?'

카렌은 르티아가 원망스러운 것은 사실이었다. 그래도 한때 자신의 로드였던 그를 죽이기 위해 자신이 간다는 사실이 서글펐다.

물론 르티아를 그녀의 손으로 죽이는 것은 아니지만, 그에게 있어 죽음의 사신 같은 존재인 샤크를 데려간다는 것만으로도 사실상 직접 그를 죽이는 것과 다를 바 없으리라.

"망설여지나 보군. 그렇다면 강요하지 않겠다. 이데스 대륙은 네가 원할 때 가도록 하지. 그렇다면 대마왕 플런더란 녀석부터 찾아가 볼까? 어느 쪽이든 네가 내키는 곳으로 날 안내해라."

"……."

카렌은 잠시 침묵하다가 대답했다.

"아니야. 그가 타락한 용자가 된 이상 그는 사라져야 할 존재. 먼저 그가 있는 곳으로 널 안내하겠어."

"그렇다면 고맙지."

사실 샤크는 굳이 카렌에게 부탁할 것 없이 말로 만들어 부리고 있는 마왕들에게 명령을 내릴 수도 있었다. 그들 또한 이데스 대륙의 위치를 알고 있을 테니 말이다.

그러나 카렌의 의중을 존중해 준 것이었다. 그녀 스스로 르티아에 대한 속박에서 벗어나게 해 주고 싶은 마음 때문이었다.

샤크는 카렌이 르티아를 능가하는 용자가 되기를 바라고 있었다. 카렌이라면 용자들이 그토록 바라마지않는 절대용자가 될 가능성이 충분하기 때문이다.

다만 그것을 위해서는 그녀 스스로 가지고 있는 로아탄으로서의 한계를 깨뜨리는 것이 필수였다.

사실 이미 그 한계는 깨진 것이나 마찬가지인데 그녀 스스로 자각 하지 못하고 있을 뿐이다.

비유하자면 하늘을 날 수 있는 날개가 생겼는데 여전히 두 발로 걷고 있는 상황이랄까?

그녀를 그렇게 지상에 잡아두는 존재가 바로 르티아였다. 엄밀히 말하면 르티아가 아니라 르티아를 향한 그녀의 마음이었다.

르티아에 대한 미련과 여전히 남아 있는 가디언으로서의 충성심! 그것이 그녀를 로아탄으로서의 한계를 돌파하지 못하게 발목을 꽉 붙들고 있는 것이다.

그것은 일종의 집착이기도 했기에 스스로 놓기 전에는 남이 어떻게 할 수 있는 것이 아니었다.

그와 달리 샤크는 집착 따위 하지 않았다.

한때 그는 카렌을 마음에 둔 적도 있지만, 그렇다고 그녀에 대해 집착해본 적은 없었다. 그녀 뿐 아니라 그 어떤 것도 마찬가지다.

최근에는 심지어 전생에서 그토록 집착했던 협의조차 마음에서 버렸다.

그런데 그러다 보니 오히려 더욱 협의롭게 움직일 수 있게 되었을 뿐만 아니라, 스스로가 가진 한계도 계속 돌파할 수 있었다.

지금도 마찬가지였다.

카렌을 절대용자로 만들고 싶은 마음은 있지만 굳이 억지로 그렇게 만들 생각도 없으며, 혹시라도 그녀가 그렇게 되지 못한다면 어쩔 수 없는 일이라 생각했다.

어찌 보면 다소 소극적인 방식인 듯했지만, 기이하게도 샤크는 결국 카렌이 절대용자가 될 것을 확신하고 있었다.

왜냐면 그것은 물이 위에서 아래로 흐르듯 당연한 것이기 때문이다.

그냥 흘러가는 대로 두면 되는데, 카렌은 억지로 물을 거슬러 가며 고통스러워하고 있었고, 그 모습이 샤크의 눈에는 확연하게 보였다.

　그러나 언제고 그녀는 결국 흐름을 타게 될 것이고, 비로소 그녀에게 주어진 새로운 운명에 순응하게 될 것이다.

　"이랏!"

　그때 카렌이 채찍을 후려쳐 수카를 출발시켰다. 그냥 말들에게 목적지를 말만 해도 알아서 찾아가겠지만 굳이 채찍으로 후려치며 직접 길을 찾아가는 이유는 그만큼 저 말들에 대한 증오가 깊어서였다.

　찰싹! 찰싹!

　히히히힝!

　특히 많이 맞는 말은 붉은 털의 말로, 한때는 붉은 머리의 마왕으로 환야에서 떵떵거리던 테나였다.

　두두두—

　그렇게 수카가 환야의 벌판을 달리는 동안 샤크는 수카의 안을 둘러봤다.

　이 수카는 작은 저택을 연상케 할 만큼 거대한 규모라 십여 개의 크고 작은 방이 있고, 번쩍거리는 홀과 주방, 욕실까지 보였다.

아까 마궁으로 돌아갈 때는 홀에만 잠시 앉아 있었을 뿐이다. 샤크는 큼직한 방 한 곳을 들어가 보았다. 마치 창고를 연상할 정도로 커다란 이 방에는 카렌이 환야를 여행하며 모아둔 희귀한 수집품들이 잔뜩 진열되어 있었다.

한쪽에는 마물이나 마족을 죽인 후 그것들의 뿔이나 이빨, 발톱과 같은 것들이 진열되어 있었는데, 그 중에서 압권은 하얀 날개였다. 딱 봐도 마왕을 죽이고 얻은 날개였던 것이다.

'마왕도 죽였다더니 사실이었군.'

그 밖에도 온갖 진귀해 보이는 물건들이 많아 샤크는 잠시 흥미롭게 구경한 후 다른 방으로 가보았다.

그곳엔 방금 전과 달리 소수의 조각품과 그림들이 진열되어 있었는데, 뜻밖에도 샤크는 방의 벽에 걸린 그림 중 하나에서 자신의 모습을 발견했다.

은발에 은빛 날개를 가진 청년이 동굴 속에서 눈을 감고 앉아 있는 모습!

그것은 그가 소마왕으로서 카렌을 처음 만났을 때의 모습이었다. 카렌이 그 모습을 기억했다가 그림으로 그려둔 것일까?

'그림에도 취미가 있었나 보군.'

그러나 그보다 카렌이 자신의 그림을 그렸다는 것에 샤크는 왠지 기분이 묘했다. 별 뜻 없이 그렸을 수도 있겠지만 말이다. 그러다 방의 중앙에 있는 조각상으로 그의 눈이 향했다.

마치 살아 있는 듯한 두 개의 조각상!

하나는 카렌이었고 다른 하나는 르티아였다.

르티아는 자신의 앞에서 한쪽 무릎을 꿇고 충성을 맹세하는 카렌을 향해 한없이 온화하고 부드러운 미소를 짓고 있었는데, 누가 봐도 그의 모습은 정의로운 용자 같았다.

샤크는 담담히 다른 것들도 살펴봤다. 그러고 보니 벽에 걸린 그림들의 태반이 르티아의 모습을 그린 것이었다.

그것들 중 대부분이 그가 마왕들을 쓰러뜨리는 장면으로, 각 마왕들의 모습이 다른 것을 보면 실제 벌어진 일을 카렌이 그린 것이 분명했다.

르티아의 뒤에는 카렌의 모습이 그려져 있었는데, 그녀는 문 블레이드를 휘둘러 마왕의 가디언들이나 마족들을 무참히 도륙하고 있었다.

그러던 중 카렌이 르티아와 술집에 앉아서 술을 마시는 장면이 그려진 그림도 있었는데, 그림 속 그녀의 표정은 무척이나 행복해 보였다.

'쯧.'

샤크는 이 방의 그림과 조각상들만 보고도 카렌이 얼마나 르티아에 대한 충성심이 대단했는지를 충분히 짐작할 수 있었다.

'생각할수록 부러운 녀석이군.'

르티아에게 저토록 대단한 충성심을 가진 가디언 로아탄이 있었다는 것이 샤크는 왠지 부러웠다.

샤크는 아직 로아탄 가디언을 둔 적이 없다. 카렌과 같은 성품의 로아탄이라면 샤크로서는 반색하여 받아들일 것이다.

어쨌든 르티아가 계속 정의로운 용자로 남아 있었다면 카렌은 결코 르티아를 배신하지 않았을 것은 분명했다.

아니 지금도 그녀의 마음속에는 르티아가 혹시라도 예전의 그 모습으로 돌아가 줬으면 하는 바람이 남아 있는 지도 모른다. 그렇지 않았다면 이 방을 이런 식으로 장식해 놓지 않았을 테니 말이다.

탁.

그런데 방문을 닫고 홀로 나오자 카렌이 소파에 앉아 있었다.

"들어와 있었나?"

그러자 카렌은 창문을 가리키며 말했다.

"차원력의 이상 기후야. 폭설이 휘몰아치고 있으니 멈췄다

가는 게 좋겠어. 이런 상황에 무작정 움직이다간 이상한 곳으로 이동할 수도 있으니까."

그러던 그녀는 살짝 인상을 찌푸리며 말을 이었다.

"그보다 허락도 없이 멋대로 그곳에 들어가다니 그건 실례 아닐까?"

샤크는 어깨를 으쓱했다.

"문이 열려 있기에 들어가도 되는 줄 알았지."

"칫! 문을 잠가둔다는 걸 깜빡했어."

카렌은 뭔가 분해하는 표정이었다. 그녀는 인상을 쓰며 일어나 걸어가더니 샤크가 나온 방문의 손잡이를 만지며 뭐라고 주문을 외웠다.

스스스.

그러자 방문이 흔적도 없이 사라졌다. 그곳에 애초에 문이 없이 벽만 있는 것처럼 느껴질 정도였다.

그런데도 카렌은 계속 그 벽에 뭔가 알 수 없는 주문을 걸어 두는 걸 보니 샤크가 그 방에 절대로 들어가지 못하게 하려는 것 같았다.

물론 샤크는 카렌이 무슨 수를 써놓든 얼마든지 벽을 통과해 좀 전의 그 방에 들어갈 수 있었다. 그러나 카렌이 저토록 보여주고 싶지 않아하는 방을 굳이 들어갈 이유는 없으리라.

"다시 안 들어갈 테니 그런 짓 할 필요 없다. 아니 들어가라고 해도 안 들어간다!"

샤크는 소파에 앉으며 치사하다는 듯 그녀를 노려봤다. 카렌은 상기된 표정으로 샤크의 건너편 소파에 앉아 코웃음 쳤다.

"안 들어가긴. 이미 다 봤잖아."

"별것도 없던데."

"별거야 없지. 그런데 보여 주긴 싫어."

"의외로 소심한 구석이 있군."

"난 원래 꽤 소심해."

카렌의 퉁명스러운 대꾸에 샤크는 픽 웃으며 소파에 드러누워 눈을 감았다.

"아무튼 나는 좀 잘 테니 넌 네 할 일이나 해라."

"잠을 잔다고?"

마왕이 잠을 자다니, 무슨 말도 안 되는 소리인가. 그러나 샤크는 진짜로 쿨쿨 잠이 들어버렸다. 마치 인간들처럼 말이다.

카렌은 고개를 흔들었다.

"하여간 특이해."

스스로에게 수면 마법을 펼쳐 태평스레 잠을 자고 있는 샤크를 보며 카렌은 한동안 멍하니 앉아 있었다.

슥! 스슥—

샤크가 눈을 떴을 때 카렌은 여전히 건너편 소파에 앉아 있었는데 뭔가에 몰두 중이었다.

"뭐하는 거야?"

"앗, 그대로 있어. 잠깐이면 돼."

"설마 지금 날 그리고 있는 건가?"

"얼굴 움직이지 말라니까. 그리고 다시 눈을 감아. 눈 감고 있는 모습을 그리는 중이야."

"그래."

샤크는 어이가 없었지만 눈을 감고 누워 있었다. 잠깐이면 된다고 하더니 한참이 지나서야 그녀는 그림을 마무리했다.

"됐어. 이제 움직여도 돼."

"다행이군."

샤크는 일어나 앉았다. 그러자 카렌은 싱긋 웃으며 샤크에게 그림을 보여주었다. 마치 그림 속에 실제 샤크가 들어 있기라도 하듯 생생했다.

"잘 그렸군. 그런데 왜 날 그린 거지?"

"그냥 그리고 싶어서 그랬을 뿐, 별 이유 따위는 없어."

"의외로 고상한 면이 있었군."

"고상은 무슨! 이보다는 검을 휘두르는 게 훨씬 신나는 일이야."

카렌은 털털한 미소를 짓더니 벌떡 일어났다.

"이상 기후가 사라진 것 같으니 슬슬 출발해야겠어."

창문을 통해 밖을 바라보니 세차게 쏟아지던 폭설이 그쳤다. 자줏빛 하늘에 형성된 거대한 폭풍도 사라졌지만, 수카의 사방으로 푸른색의 눈이 잔뜩 쌓여 있었다.

곧바로 마부석에 앉은 카렌은 채찍을 들어 말들을 후려쳤다.

"이럇! 꾸물대지 말고 빨리 움직여!"

찰싹! 찰싹!

히힝! 히히히힝!

말들은 구슬프게 울며 눈 덮인 환야의 벌판을 내달리기 시작했다. 본래라면 차원력의 기운이 가득한 이 눈이 녹은 이후에야 움직이는 것이 편하지만, 이 특별한 말들에게는 별다른 제약이 되지 않았다.

Chapter 13

마지막 의리

두두두—

수카는 이데스 대륙을 목표로 부지런히 달렸다. 간혹 카렌은 수카 안으로 들어와 휴식을 취하기도 했고 샤크를 그리기도 했다.

샤크는 카렌의 고상한 취미를 방해하고 싶지 않아 그녀가 자신을 그리도록 내버려 두었다.

그렇게 어느 정도의 시간이 지났는지 모른다. 한참 달리던 수카를 카렌이 돌연 멈춰 세웠다.

"무슨 일이냐, 카렌?"

"이데스 대륙에 거의 도착했어."

"그래? 잘됐군."

샤크의 두 눈이 빛났다. 반면에 카렌의 안색은 무슨 초상집에라도 온 듯 착 가라앉았다. 그녀는 한숨을 내쉬며 수카에서 내렸다.

"미안하지만 난 더 이상 못가겠어. 수카를 빌려줄 테니 여기서부턴 너 혼자 가도록 해."

샤크는 미소 지었다.

"수카는 필요 없다. 난 저 녀석들 중 하나만 있으면 되니까."

샤크는 말 테나를 묶고 있던 줄을 끊은 후 그 위에 올라탔다. 그러자 카렌이 샤크를 쳐다보며 다급히 말했다.

"잠깐!"

"내게 무슨 할 말 있느냐?"

카렌은 뭔가를 고심하는 듯했지만 이내 고개를 흔들었다.

"아니야."

"싱겁군. 그럼 난 이만 이데스 대륙으로 떠나겠다. 그보다 넌 여기 계속 있을 생각이냐?"

그런데 카렌은 그에 대한 대답대신 샤크를 쳐다보며 뭔가 결연한 눈빛으로 말했다.

"샤크! 네게 무슨 부탁을 해도 들어 준다고 했지?"

"물론이다. 혹시 지금 생각이 났느냐?"

샤크가 반색하며 묻자 카렌은 무겁게 고개를 끄덕였다.

"그래."

"어디 말해 봐라."

"그를 죽이지 마, 부탁이야."

샤크의 안색이 굳어졌다.

"그라면? 설마 르티아를 말하는 건가?"

카렌은 고개를 끄덕였다.

"염치없는 부탁이란 건 알아. 그는 타락한 용자가 되어 상상할 수 없는 잘못을 저질렀으니까."

"그런데도 그를 살려달라고?"

"그는 물론 죽어 마땅해. 하지만 그는 타락한 용자로 있던 세월보다 수십 배는 더 긴 세월을 정의로운 용자로 살았어. 그가 죽인 마왕의 숫자만큼이나 많은 대륙에 광명을 찾아 줬고, 마왕과 마족들에게 구속되어 있던 수많은 인간들의 영혼을 해방시켜 줬어."

"그건 과거일 뿐이다. 지금의 그는 마왕보다 더 사악한 존재가 되어 있지. 그를 그대로 놔둔다면 얼마나 많은 이들이 억울하게 죽어갈지 모르는데, 그런데도 그를 살려달라는 건가?"

"그가 가진 모든 걸 다 빼앗아도 좋아. 단, 생명만은 지켜 줘. 그러면 난 그를 다시 예전의 정의롭던 용자로 돌려놓겠어."

카렌은 애원하는 표정이었다. 샤크는 잠시 침묵하다가 입을 열었다.

"네 말대로라면 넌 끝까지 그의 가디언으로 남겠다는 뜻이군."

카렌은 고개를 흔들었다.

"아니, 나의 마음은 이미 그를 떠났어. 이건 내가 그에게 바치는 마지막 의리야."

"후후, 마지막 의리라지만 그를 끝까지 지켜 주고 싶다는 것이니, 카렌 너 같은 가디언을 둔 그가 정말 부럽구나. 내게도 너와 같은 가디언이 있다면 좋을 텐데 말이야."

"……."

카렌은 말없이 샤크를 쳐다봤다. 샤크는 무겁게 고개를 끄덕였다.

"그놈을 반드시 죽이려 했다. 하지만 내가 네게 한 약속이니 들어 줄 수밖에 없겠지. 르티아는 살려 주겠다."

"고마워, 샤크."

"고마울 것까지야. 이걸로 카렌 네게 빚진 건 갚은 것으로 치겠다. 그럼."

샤크는 차갑게 웃고는 돌아섰다. 그러고는 테나를 몰고 질풍처럼 사라져 버렸다.

'샤크!'

카렌은 한동안 망연자실한 표정으로 샤크가 사라진 곳을 쳐다봤다. 얼마 전 그가 무슨 소원이든 들어 주겠다고 물었을 때 그녀가 떠올린 소원은 사실 르티아를 살려달라는 것이 아니었다.

샤크의 가디언이 되고 싶다는 것!

그가 마왕이라도 상관없었다. 그는 환야에서 가장 정의로운 존재이기에, 그의 가디언이 될 수 있다면 정말 행복할 것 같았다.

그런데 그녀는 그와 전혀 다른 소원을 말하고 말았다. 이로써 이제 그녀가 샤크의 가디언이 될 수 있는 길은 사라져 버렸다.

마지막 그의 차가운 표정을 떠올리니 그녀는 견딜 수 없도록 슬퍼졌다. 그녀는 울적한 표정으로 수카 안에 들어갔다.

스스스.

사라졌던 벽의 문이 다시 나타났다. 그러나 사실 문만 감춰졌을 뿐이지 샤크와 함께 이곳까지 오는 동안 그녀는 몰래 이 방을 수없이 들락거렸다.

샤크는 알고 있을까? 이 방에 가득하던 르티아의 그림은 물론 그의 조각상도 모두 사라져버렸음을.

그리고 벽에는 그녀가 새로 그린 샤크의 그림들로 가득 차 있다는 사실을.

한동안 벽에 걸린 그림들을 하나씩 쳐다보고 있던 그녀는 문득 홀의 소파 테이블 위에 낯선 두루마리가 하나 놓여 있는 걸 발견했다.

'저건 뭐지?'

그녀는 곧바로 가서 두루마리를 펼쳐봤다. 놀랍게도 그 것에는 온갖 기이한 무공들이 그림과 함께 상세하게 설명 되어 있었다.

어느 것 하나도 평범한 것이 없었을 뿐 아니라, 그중 하나라도 제대로 수련하면 그녀의 실력이 대폭 상승할 만한 것들이었다.

넌 가디언이 아닌 용자가 될 운명이다.

마지막에 적힌 한 문장을 보며 카렌은 가슴이 뭉클했다. 이런 걸 미리 남겨두다니. 그렇다면 그는 오늘 어떤 식으로든 이별하게 될 것을 알았던 것이 분명했다.

'하지만 샤크, 넌 모르는 게 있어.'

카렌은 입술을 깨물었다.

'난 용자보다 가디언으로 사는 게 더 행복하다는 걸.'

샤크의 말대로 한계를 돌파해서 용자가 되는 것도 충분히 의미가 있는 일이겠지만, 태생적 가디언인 로아탄으로서의 운명에 순응하는 것이야말로 그녀로서는 가장 행복할 수 있는 길이었다.

'그러나 네가 원한다면 용자가 되도록 하지.'

그녀의 두 눈이 빛났다.

'환야의 절대용자가 되겠다. 아주 멀리서도 네가 나를 느낄 수 있도록 말이야.'

두 번 다시 만나지 못할 지라도 서로의 존재를 느낄 수 있다면 조금은 위로가 될 것이다.

한편 샤크는 테나를 타고 환야의 벌판을 질주하고 있었다. 왠지 오늘 카렌과 이별할 것 같은 예감에 그녀에게 도움이 될 만한 무공들을 남겨두었지만, 그녀가 설마 르티아를 살려달라는 말을 할 줄은 몰랐다.

'제길, 그놈은 절대 살려 주고 싶지 않은 녀석인데 말이
야.'

르티아를 살려 줘야 하는 것도 마음에 들지 않았지만,
그에게 계속 집착하고 있는 카렌도 마음에 들지 않았다.

엄밀히 말하자면 그는 무척 속이 상했다는 것이 정확할
것이다.

"빌어먹을! 과연 내가 최악의 상황에 처했을 때 나를 살
려달라고 누군가에게 애원하는 녀석이 있을까?"

마족들은 당연히 아니다. 아마 어딘가로 도망간 후 욕하
기 바쁠 테니 애초부터 기대조차 할 필요도 없다.

그렇다면 라우벤이? 로니안이? 아니면 피터가?

혹시 그들이라면 그럴 지도 모르지만 그다지 확신은 서
지 않았다.

아니, 없을 것이다. 당연히 있을 턱이 없었다.

전생을 생각하면 답이 나온다.

당시 백룡은 지금의 르티아처럼 막장의 행패를 부린 것
도 아니고, 오직 무림의 협의를 위해 인생을 불태웠는데도
돌아온 것은 배신이 아니었던가? 그것도 무림 전체가 그를
배신했다.

"망할! 어떤 놈은 온갖 사악한 짓을 하는데도 마지막 의리를 지키는 가디언이 존재하는데, 나는 대체 뭐냐? 어째서 내 곁에는 그런 충성스러운 가디언이 없는 거지?"

전생이나 현생이나 혼자인 것은 다를 바가 없다는 생각에 샤크는 연신 투덜거렸다. 그런데 그때 테나가 돌연 멈추더니 크게 울었다.

히힝! 히히힝!

순간 샤크는 어이없어하는 표정을 지었다. 그는 훌쩍 테나의 위에서 뛰어내린 후 손을 슥 휘저었다. 그러자 붉은 털의 말 형상이었던 테나가 적발 여마왕의 모습으로 돌아왔다.

샤크는 그녀를 험상궂은 눈빛으로 노려봤다.

"너 방금 뭐라고 했느냐?"

테나는 움찔 주눅이 들었지만 애써 용기를 내어 말했다.

"제가 말한 그대로입니다. 저 테나가 당신에게 영원한 충성과 의리를 지키겠어요."

"큭! 마왕이 마왕에게 충성을 맹세 하겠다? 그게 말이 되는 소리라 생각하느냐?"

"솔직히 제가 생각해도 말이 안 되지만, 당신이라면 그만한 자격이 있어요. 플런더 님은 두렵기만 했는데, 당신은 달라요. 당신은 두렵지만 동시에 존경스럽거든요."

테나는 눈빛을 이글거리며 말했다.

"저를 구박해도 좋고, 심지어 죽여도 상관없어요. 그래도 전 당신께 의리를 지키겠어요."

"널 죽여도 날 원망하지 않겠다?"

"죽이신다면 그 또한 기쁘게 받아들이죠."

"이해할 수 없는 말이군."

"환야에는 이해할 수 없는 일이 종종 벌어지죠. 이 또한 그중 하나 아닐까요?

"글쎄다."

"로드! 저는 당신의 뜻이라면 제가 가장 싫어하는, 그 손발이 오그라드는 착한 짓이라도 얼마든지 할 각오가 되어 있어요."

"흠, 그건 기특한 말이긴 하다만."

샤크는 모처럼 백룡구타술을 한바탕 펼쳐서 테나를 제대로 손봐준 후 다시 말로 되돌릴 생각이었다. 딱 봐도 잔머리를 피우다 몰래 달아나려는 수작 같아서였다.

그런데 기이하게도 이 거칠어 보이는 여마왕의 눈빛에서 의외의 진심이 느껴졌다. 예전의 망나니 마왕 매릭과는 전혀 다른 분위기였다.

매릭의 배신이야 샤크는 이미 당연히 그럴 것이라 예상하고 있었기에 별다른 배신감을 느끼진 않았다.

배신감이란 믿었던 자가 뒤통수를 쳤을 때 느끼는 것이지, 애초부터 그 어떤 믿음도 주지 않는 녀석이 뒤통수를 친 것에 무슨 배신감을 느끼겠는가.

"저를 한 번 믿어보세요."

"지금껏 내게 그런 말을 한 녀석들이 한둘이 아니지. 너 또한 나의 능력이 두려워 짐짓 내게 충성을 하는 척하는 것이 아니냐?"

샤크의 시큰둥한 반응에 테나는 미쳐죽겠다는 듯 가슴을 쳤다.

"이 가슴을 뜯어서 보여 줄 수도 없고 미치겠군요. 좋아요. 그럼 제가 당신을 배신하면 스스로 소멸되는 절대 저주를 걸면 믿어 주실 건가요?"

"그런 건 아무런 의미가 없으니 하지 마라."

테나가 만일 그런 저주를 스스로에게 걸게 된다면 그녀가 살기 위해서라도 샤크를 배신하지 않을 것이다. 그리고 그것은 마족들이 보통 하는 방식이었다.

그러나 샤크가 원하는 것은 그것이 아니었다.

로아탄 카렌이 르티아에게 바치는 그 간절하고도 애절한

의리!

그것은 그런 강압적인 상태에서는 절대 나올 수 없는 것이다.

샤크가 원하는 마음은 바로 그것이다. 설령 배신을 한다 해도 아무런 피해가 없으며, 오히려 배신을 하는 것이 더 현명한 상황일지라도, 끝까지 배신을 하지 않고 자발적으로 의리를 지키는 그 우직스러운 마음 말이다.

지금껏 그런 마음을 가진 부하가 전생과 현생을 통틀어 몇이나 있었던가?

사실 그런 복이 있을 것이라고도 기대 하지 않았다.

그런데 왠지 지금은 특별히 한 번 시험을 해 보고 싶은 마음이 생겨났다. 여마왕 테나의 눈빛에서 알 수 없는 감동이 느껴졌기 때문이었다.

'뒤통수를 맞아도 별로 아플 것도 없으니 일단 한 번 믿어볼까?'

마왕을 믿는다니 왠지 우습다.

하지만 환야에 별종인 마왕이 어디 자신뿐이겠는가.

샤크는 담담히 그녀를 쏘아봤다.

"어쨌든 알았으니 이데스 대륙으로 떠나도록 하자."

테나가 미소 지었다.

"그럼 로드를 좀 더 편하게 이데스 대륙으로 안내하도록 하죠."

"어떻게 말이냐?"

"저도 수카가 있어요."

테나는 아공간에서 수카를 하나 꺼냈다. 그것은 카렌의 수카보다 훨씬 거대했다. 뿐만 아니라 내부도 온갖 기괴한 보물들로 장식되어 있어서 화려하기 이를 데 없었다.

"안으로 모실게요, 로드."

"험! 이런 좋은 수카를 가지고 있다니 넌 제법 부자인 모양이구나."

테나는 어깨를 으쓱했다.

"호호! 전 제법 부자가 아니라 상당한 부자인 편이에요. 돈 빼면 시체라고 할까요?"

"돈 많아서 좋겠군."

"참고로 이 차원 동력 수카는 오르덴들이 가장 최근에 만든 신제품으로 무려 5백만 베카가 넘죠."

"5백만 베카!"

샤크는 입을 쩍 벌렸다. 테나는 상당한 부자라고 하더니 그야말로 상상을 초월한 금액의 초고가 수카를 가지고 있었다.

"꽤 비싸긴 하지만 이것이 있으면 원하는 대륙이나 도시로 알아서 척척 이동하거든요. 참, 로드도 뭐 필요한 것이 있으시면 얼마든지 말씀하세요. 제가 웬만한 건 다 사드릴 수 있어요."

웬만한 건 다 사준다? 돈도 많지만 정말 통도 큰 부하 마왕이었다.

"특별히 필요한 건 없으니 어서 이데스 대륙으로 가기나 해라."

"그러죠."

테나는 수카의 한 방에 들어가서 그곳의 투명하고 넓은 판 위에 좌표를 입력한 후 옆의 자그만 단추를 눌렀다.

기이이잉!

순간 수카가 부드럽게 진동하더니 거친 환야의 벌판을 빠르게 질주하기 시작했다. 아까 테나가 직접 달리는 속도 못지않았다.

'그것 참, 오르덴들은 별걸 다 만드는군.'

좌표만 입력하면 스스로 알아서 이동하니 상당히 유용해 보이긴 했다.

샤크는 화려한 응접실을 연상케 하는 홀의 소파에 털썩 주저앉으며 말했다.

"대마왕 플런더에 대해 네가 아는 대로 말해 봐라."

"네, 로드."

카렌에게 일부 듣긴 했다. 플런더가 환야에서 용자란 존재들을 모두 없애버리고 오직 마왕들이 방대한 환야를 지배하는 꿈을 꾸고 있다고 말이다.

그래도 마왕인 테나는 플런더의 부하이기도 했으니 그에 대해 더욱 자세히 알 것이다. 특히 플런더가 꾸미는 각종 음모들도.

"그러니까 조만간 르티아의 수족인 마왕들이 그를 배신하고 이데스 대륙을 플런더에게 바칠 거라는 말이로군."

"르티아 놈은 그런 사실을 짐작도 못하고 있을걸요."

"글쎄! 그건 모르지. 그 녀석 또한 상당히 음흉한 구석이 있어서 호락호락하게 당하진 않을 것이다."

샤크는 르티아가 일루전 트레저까지 이용할 만큼 교활하다는 사실을 잘 안다. 플런더가 제법 그럴 듯한 작전을 세웠지만, 고작 그 정도로 무너질 르티아가 아니라는 사실도.

'일루전 족!'

그리고 샤크가 진정으로 노리는 것은 바로 그들이었다. 어차피 르티아나 플런더 따위는 샤크에게 아무런 위협이 되지 못했다.

아마도 여전히 르티아는 그가 소유하고 있는 일루전 트레저들이 일루전 족이라는 사실을 전혀 짐작도 못할 것이다.

다만 그는 그 일루전 트레저들을 이용하기 위해 그들이 요구하는 인간들의 영혼들을 희생 제물로 바치려 할 것이다.

'녀석이 각 대륙마다 20만의 인간들을 동원하라고 한 것은 필시 그것 때문이겠지.'

카렌의 말에 의하면 현재 르티아의 휘하에 수십 명도 넘는 용자들이 있다고 했다. 그 용자들은 르티아의 명령에 따라 강력한 인간 군단을 동원하려 노력하겠지만, 그들이 그저 희생 제물에 불과하다는 사실을 짐작이나 하고 있을까?

'르티아, 그 망할 녀석들도 문제지만 그놈을 이용해 이상한 유희를 즐기고 있는 그 사악한 일루전 놈들이야말로 반드시 사라져야 할 족속들이지.'

샤크는 비록 분신 상태지만 일루전 족들도 충분히 상대할 수 있는 능력을 가지고 있다. 녀석들이 한 번에 대거 몰려온다면 도주가 불가피하겠지만, 그때는 마궁으로 유인하면 된다.

마궁의 루트 오브 다크니스에 있는 본신의 능력이라면 지금의 분신이 마왕들을 쓸어버리는 것처럼 일루전 족들도 그렇게 쓸어버릴 수 있으니까.

"로드, 앞에 인간들이 있는데요?"

"인간들이라 했느냐?"

"정확히 인간 200,102명이에요."

"빨리도 셌군."

"용자 녀석도 하나 보이는군요. 로아탄 9명, 그밖에 드래곤들과 상급 정령들도 제법 있어요. 모두 용자의 부하들인 듯해요."

"로아탄이 9명이라. 많기도 하군."

어떤 용자인지 몰라도 제법 많은 로아탄들을 가디언으로 두고 있었다. 저 중에는 카렌처럼 충직한 로아탄들도 분명 있을 것이다.

'젠장! 복도 많은 녀석이군.'

샤크는 은근히 부럽다는 생각이 들었다. 약간은 심통이 난 표정을 짓고 있는 샤크를 보며 테나가 흥미롭다는 듯 눈을 빛냈다.

"왠지 마음에 안 드는데 가서 손을 좀 봐 줄까요?"

"손을 볼 자신은 있느냐?"

"물론이죠. 용자는 아디란 대륙의 플로라보다도 한참 약한 녀석에, 로아탄들도 별 볼일 없는 녀석들 뿐이고, 드래곤들도 기껏해야 상급 마족 수준 정도. 따라서 대충 차 한 잔 마실 시간 정도면 충분하겠군요."

테나는 부디 빨리 샤크가 출진 명령을 내려 주길 기다리는 듯 초조한 표정을 지었다. 샤크는 고개를 흔들었다.

"아무도 안 죽이고 제압하는 데 걸리는 시간은?"

"좀 번거롭긴 하지만 그 정도야 차 두 잔 마실 시간이면 충분해요."

"좋아. 그럼 차를 두 잔 따라놓고 나가라. 나는 여기서 그 차들을 마신 후 나가 보도록 하지."

"후후, 어떤 차로 드릴까요? 차는 3,291종류가 있어요. 모두 오르덴 녀석들이 만든 특등품이죠."

샤크는 어이가 없었다. 엄청난 부자라고 하더니 차의 종류도 수 천 가지나 있을 줄이야. 은근히 위화감이 생기는 것도 같았다. 샤크는 인상을 쓰며 말했다.

"아무거나 두 잔."

"그럼 레온드 대륙에서 나는 만년선향차와 켈다 대륙의 비전인 더 티어 오브 마스나스, 로 하죠."

"뭔가 이름들이 거창하군."

"인간이나 이종족들에게는 한 방울만 마셔도 마나가 대폭 증가하는 영약이기도 해요. 호호, 뭐 이 수카엔 그런 게 굴러다닐 정도로 많긴 하지만."

쪼륵! 쪼륵!

테나는 딱 봐도 무척이나 고급스러워 보이는 백색과 흑색의 잔에 만년선향차와 더 티어 오브 마스나스를 각각 따랐다. 어떻게 한 건지 차를 우리거나 할 것도 없이 순식간에 차가 완성되었다.

"그럼 전 나가 볼게요, 로드."

"수고해라."

샤크는 먼저 백색 잔에 따라져 있는 만년선향차를 후룩 마시며 고개를 끄덕였다.

'향이 죽이는군.'

전생과 현생을 통 털어서 이렇게 맛있는 차는 또 처음이었다. 부자 부하를 둔 것도 이런 면에서는 나쁘지 않은 것 같았다.

한편 브레이다 대륙의 용자 퓨론은 용자 르티아의 명령을 받아 이데스 대륙으로 인간 20만 명과 함께 이동 중이었다.

대마왕의 플런더와의 전쟁을 위해 용자가 협조를 요청하자 브레이다 대륙의 황제와 왕들은 기꺼이 자신들의 군대에서 용맹한 자들을 차출해 주었다.

또한 의협심이 강한 모험가나 기사, 용병, 그리고 마법사들이 참전 의사를 밝혔고, 그로 인해 현재 모인 20만 명의 인간들은 브레이다 대륙에서도 최강의 정예들만 모인 것이라 볼 수 있었다.

그러나 그들의 능력이 아무리 대단해도 험악한 환야의 기후에서 생존하기란 쉽지 않은 일, 제국과 각 왕국에서는 국고를 털어 신체의 저항능력과 생존력을 대폭 높여주는 아티팩트를 마탑들에게 제작하게 했고, 그것들을 마왕 토벌군들에게 지원했다.

게다가 드래곤들과 상급 정령들도 지원을 나섰다. 아무리 마탑에서 특별 제조한 아티팩트가 신체의 저항능력을 높여 준다 해도, 그것만으로는 한계가 있기 때문이었다.

그러다 보니 용자 퓨론은 마음이 든든했다. 그는 자신의 믿음직한 로아탄 12명 중 3명에게 브레이다 대륙의 수비를 맡긴 후, 나머지 9명과 함께 이데스 대륙을 향해 힘차게 행군 중이었다.

그곳에서 절대용자 르티아를 도와 사악한 대마왕 플런더를 해치우고 나면, 환야는 매우 평화로워질 것이다.

다만, 그와 달리 한편으로 마음이 무척 무겁기도 했다. 과연 마왕 군단과 전투가 벌어지면 저 브레이다 대륙의 인간들이 살아남을 수 있을지 하는 걱정 때문이었다.

'르티아 님이 요청하셔서 어쩔 수 없이 하고는 있지만 과연 이것이 잘하는 일일까? 저들이 과연 마왕과의 전쟁에 도움이 될 지도 의문인데.'

그러한 우려는 퓨론 뿐 아니라 그를 따르는 9명의 로아탄 가디언들도 하고 있었다. 그러나 그들은 퓨론이 르티아의 요청을 따르지 않을 경우 브레이다 대륙에 큰 재앙이 임할 수 있음 또한 알고 있었다.

"로드, 어쩔 수 없는 일입니다."

"르티아 님의 요청을 따르지 않은 대륙은 마왕들이 가서 점령했다고 하지 않습니까?"

충직스러운 가디언들의 말에 퓨론은 애써 미소 지었다.

"그래. 어쩔 수 없는 일이다. 하지만 우리는 저 20만의 생명을 무슨 일이 있어도 지키도록 노력해야 한다."

"물론입니다. 할 수 있는 한 단 한 명의 희생자도 나오지 않도록 할 것입니다."

그렇게 퓨론과 가디언들이 굳은 결의를 다지고 있을 때였다.

휘이이이—

갑자기 주변에 거센 바람이 몰아치는가 싶더니 사방에 섬뜩한 핏빛의 붉은 안개가 피어났다. 퓨론과 가디언들의 안색이 급변했다.

"이 정도의 기세라면 설마?"

"마왕입니다, 로드."

"마왕이 분명합니다."

그들은 짙은 안개 사이로 행군 중이던 인간들이 모두 쓰러져 있는 모습을 발견했다. 그나마 드래곤들과 상급 정령들은 아직 비틀거리고 있었는데 그들 또한 이내 버티지 못하고 픽픽 쓰러졌다.

다행히 죽은 것은 아니고 모두 수면에 빠져들고 있었다.

그런데도 퓨론과 가디언들은 속수무책으로 쳐다만 보고 있어야 했다. 그들의 주변을 강력한 결계가 두르고 있어 밖으로 나갈 수가 없었던 것이다.

퓨론의 안색은 참담하게 일그러졌다.

"으으! 대체 어떤 마왕이 나타났기에 이런 말도 안 되는……."

그 순간 그들의 앞에 뭔가가 나타났다.

쫙 펼쳐진 붉은 날개 사이로 눈처럼 새하얀 피부를 가진 여성이었다. 피처럼 붉은 머리카락과 날개를 제외한 모든 것이 백색이었는데 그것이 뭔가 이질적이면서도 묘한 느낌을 주었다.

뇌쇄적인 매력과 섬뜩한 공포를 동시에 주는 존재! 그것이 무엇이겠는가.

마왕!

퓨론과 가디언들은 자신들의 짐작대로 마왕이 자신들의 앞에 나타났음을 확인하고는 긴장했다.

특히 퓨론의 두 눈은 경악으로 변해 있었다.

"테, 테나! 적발의 여마왕 테나라니!"

"헉! 저 마왕이 진짜 테나입니까?"

"틀림없어. 예전 르티아 님의 서재에 있는 마왕 도감에서 본 적 있다. 마왕 중에서도 최상급 마왕으로 분류되어 있었지."

퓨론의 말에 가디언들의 안색도 딱딱하게 굳어버렸다. 그들 또한 어찌 모르겠는가. 환야의 무법자인 라트로들도 마주치길 두려워하는 적발의 여마왕 테나의 이름을.

샤크의 옆에 있을 때는 단정하게 머리를 빗어 청순한 소녀처럼 보이던 테나였지만, 지금의 그녀는 핏빛으로 번쩍이는 적발 하나하나가 마치 뱀처럼 꿈틀거리며 출렁이고 있었다.

〈다음 권에 계속〉

DREAMBOOKS★